止痛药

陈仓 著

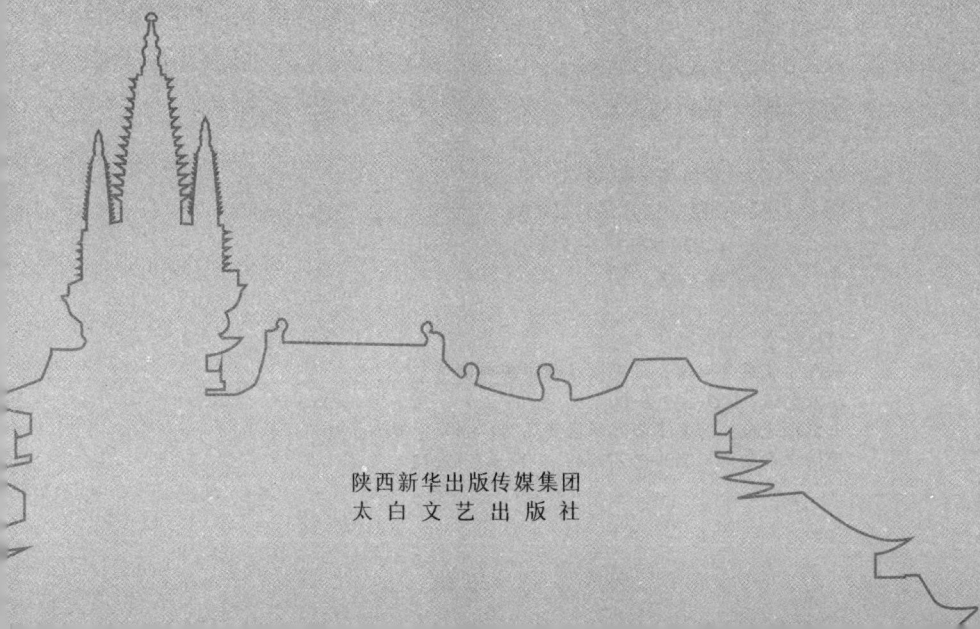

陕西新华出版传媒集团
太白文艺出版社

图书在版编目（CIP）数据

止痛药 / 陈仓著. -- 西安：太白文艺出版社，2021.3
ISBN 978-7-5513-1907-2

Ⅰ.①止… Ⅱ.①陈… Ⅲ.①长篇小说—中国—当代 Ⅳ.①I247.5

中国版本图书馆CIP数据核字(2021)第024588号

止痛药
ZHITONG YAO

作　　者	陈　仓
责任编辑	付　惠　曹　甜
插图版画	杨伟利
封面设计	郑江迪
版式设计	董文秀
出版发行	陕西新华出版传媒集团 太 白 文 艺 出 版 社
经　　销	新华书店
印　　刷	西安市建明工贸有限责任公司
开　　本	889mm×1194mm　1/32
字　　数	150千字
印　　张	7.75
版　　次	2021年3月第1版
印　　次	2021年3月第1次印刷
书　　号	ISBN 978-7-5513-1907-2
定　　价	58.00元

版权所有　翻印必究
如有印装质量问题，可寄出版社印制部调换
联系电话：029-81206800
出版社地址：西安市曲江新区登高路1388号（邮编：710061）
营销中心电话：029-87277748　029-87217872

　　陈仓,七〇后诗人、小说家,陕西省丹凤县人。中国作家协会会员,陕西省青年文学协会副主席,上海市普陀区作协副主席,成都文学院特邀作家。曾参加诗刊社第二十八届青春诗会。主要出版有诗集《流浪无罪》《诗上海》《艾的门》,四千行长诗《醒神》和千行长诗《天鹅颂》,八卷本系列小说集《陈仓进城》,长篇小说《后土寺》《预言家》《止痛药》《动物万岁》,小说集《地下三尺》《上海别录》。曾获第三届中国星星新诗奖、全国迎世博诗歌大赛一等奖、第三届中国红高粱诗歌奖、第二届广州文艺都市小说双年奖、《小说选刊》双年奖(2014~2015)、《人民文学》第四届"美丽中国"全国游记征文奖、首届陕西青年文学奖、第八届冰心散文奖散文集奖、中国作家出版集团优秀作家贡献奖等各类文学奖项三十余次。作品广泛入选各类年度选本和中国小说学会等机构评定的文学排行榜,有数十首诗歌入选同济大学等高校编写的大学教材。

自序

我和六岁多的儿子坐在阳台上晒着太阳,我说春天好像来了。儿子说已经是春天了。我说那你背诵一首关于春天的诗吧,比如《咏柳》。儿子说,我看不见柳树,柳树离得太远。确实如此,从大年三十开始,我们一家就没有出过门,把餐桌腾出来打乒乓球,下围棋,翻魔方,玩大富翁游戏,做各种各样的美食,然后使劲地睡觉。由于新冠肺炎的暴发,这是大多数人这个春节普遍的生活,安静而又带着焦虑,沉闷而又充满希望。

我忽然想起十八年前,同样是这么一个春天,我独自到上海旅游,从地铁二号线走出来的时候,被眼前的情景吓坏了。在华灯璀璨之中有一片金碧辉煌的建筑,我觉得那里边应该住着神仙一样的人。我靠近一看,果然不错,叫静安寺。我一直认为,只有山上才有寺庙,才是菩萨显灵的地方,上海这么发达繁华,菩萨能安全降落吗？它们有用武之地吗？而且一路之隔就是百乐门，这怎么可能是佛门净地呢？我住的快捷酒店就在不远，推开房间窗户就能看到那座尖顶，像如今的信号天线，时时刻刻都在传递着人间的消息。于是，第一天，本来要去陆家嘴，我把行程改变了一下，首先去了静安寺。静安寺香火很旺，也非常气派精美，这深深地打动了我。从寺里边出来的时候，我一直在想，如果让我留在寺庙，我能干点什么呢？撞钟吗？我不知道应该撞多少下。敲木鱼吗？我不是高僧大德。洒扫庭院吗？我很难保持这种低调。我更不能给菩萨塑像，我是一个不太爱干净的人，我塑的像估计菩萨是不愿意附身的。我唯一想干的，有信心干好的，恐怕是打一个佛龛，或者给事佛的和尚们打一扇窗户，因为我小时候学过几年木匠。

也许受到某种指引，从静安寺出来后，我遇到一个报刊亭，报刊亭当年可是上海一景，由于工作关系，我买了一张报纸，再看看下边的地址，竟然非常巧妙，就在酒店隔壁，我立即无知无畏地打电话过去，要找他们的社长聊聊。社长也姓陈，说你来吧，十分钟时间，我要开会了。他见到我，直接就问，你觉得我们的报纸怎么样？我说，很臭。他说，为什么啊？我说，都是打打杀杀的新闻，让人看着不舒服。社长说，怎么才能让人舒服？我说，你办公室可以看到静安寺，我们应该像事佛一样办报纸，利用报纸这座"寺庙"，传播一些善意的消息，比如设置"解忧台"，解决市民柴米油盐的烦恼；设置"情感热线"，解决市民情感方面的困惑；设置"爱心捐助"，在穷人和富人之间建立互动……谈了两个小时，临别之时，社长问我，你愿不愿意来这里工作？我说，为什么？他说，可以看到静安寺。此后很多年，我坐在办公室里，收集着五花八门的线索，再安排记者一条条地加工成新闻。每次在判断新闻价值的时候，我就透过玻璃窗户看一看静安寺的尖顶，以便接收积极正确的信号，时时提醒自己，不要看不起任何人，要善待每一个生命，促进人与人之间友好相处。

　　后来别人问我，你为什么选择上海？我的答案是我喜欢美女，在南京路和外滩看到美女如云的时候，我就决定留下来了。其实，原因非常简单，就因为看得见静安寺，我觉得拥有寺庙的地方，人是有善修的，是有底线的。然而，我的老家没有一座寺庙，我们有灾有难的时候，都是向死去的亲人磕头下跪，不管他们转世的时候是升天为神还是落地为草，有没有拯救我们的法力。我老家叫塔尔坪，又叫大庙村，原来也有一座寺庙，寺庙屋檐角上挂着铃铛，风一吹就叮叮当当地响，可惜在一个没有敬畏之心的年代被一帮人拆除了，所以从小时候开始，我就非常希望有人把它重新盖起来。某一年，小学同学在外边发了大财，回来买下那块地皮，盖出了村子里第一座楼房。我每次回去探亲的时候，看到那座土气的房子就非常沮丧。

上边只是我写《止痛药》的背景。我写了很多进城故事，似乎打动了许多人，然而我自己并不满意，总觉得那些故事是有局限的，人与人之间是割裂的，是彼此不认可的，甚至是彼此蔑视的。这次动笔之前，在一位法师的带领下，我登上了静安寺的塔顶，想以菩萨的角度俯视一下这个世界。我的心头灵光一闪，那么多香客，不管从哪里来，不管到哪里去，他们只管下跪磕头，从来不去追问菩萨到底是由什么人修成的，他们之间如果有血缘关系的话，共同的血液应该是光，共同的基因应该是善。最后，我的目光落在一个小女孩和一个少妇身上，她们合起双手虔诚地祈祷着，我无法判断她们是城里人还是乡下人，更不明白她们是受难者还是赎罪者。这就是凤妹和凤姐的原型，她们的形象是清晰的，身份是模糊的，这才是大移民时代应有的特性。

在自我闭关的这个春天，儿子和他妈还玩了一个游戏，做了一个莫比乌斯带。一张白纸条，明明有两个面，如果把两头翻转后衔接起来，它立即变成了一个面，永远没有正反，永远没有开头，也永远没有结尾，这是不是非常神奇？如果城市文明是一个面，乡土文明是另一个面，《止痛药》的意图是想制作一个莫比乌斯带，把芸芸众生放在同一个维度里，看上去你在拯救别人，其实是别人正在拯救着你，估计这就是天地悠悠、人世轮回的样子吧？至于《止痛药》的药理是什么，非常简单，那就是爱。爱，是死亡的果，也是活着的因。

2020年3月26日于上海

1

凤凰是一种非常不好伺候的鸟。

它有多难伺候呢？据《庄子·秋水》中所说："非梧桐不止，非练实不食，非醴泉不饮。"大概的意思是，不是梧桐树它不栖息，不是竹子的果实它不吃，不是甜美的泉水它不喝。

提起梧桐树，最多的恐怕要数上海。上海的梧桐树是英国杂交培育出来的，在清朝晚期，法国人为了解慰思乡之苦，远渡重洋把它们引进来，植于法租界公园里，经过一百多年不停地开枝散叶，如今大街小巷到处都是白花花一片，成了乡愁四处弥漫的绿化景观，甚至已经把根扎进了上海人的血脉里。可以说，梧桐树是上海最早一批西洋移民，就像永远不清楚是风先吹，还是树先摇一样，到底是梧桐树造就了这座城市高高在上的优越感，还是这座城市惯坏了梧桐树自命不凡的脾性，已经很难说清楚了。

有人据此认为，如果人世间真有凤凰，那一定会在上海出现。而离上海一千三百公里的秦岭南麓，有个鸟不拉屎的大庙村，无论什么品种的梧桐树都没有一棵，所以不可能有凤凰存在，哪怕听说过凤凰和见过梧桐树的人也没有几个。

无论如何，不管哪里，自古至今，戏里戏外，叫这凤那凤的人还是挺多的，那之中的"凤"字自然都和凤凰有关，比如王熙凤和罗玉凤，比如马上要出场的凤姐和凤妹。至于这凤那凤之间到底有什么关联，她们的命运和凤凰有什么相通之处，别说大家一时讲不清楚，估计连老天爷也会一脸茫然。不过，仔细研究一下凤凰的形象，就会发现凤凰麟前鹿后、蛇头鱼尾、龙纹龟背、燕颔鸡喙，是由多种鸟兽组装起来的，极像现在的某些电子产品和孩子们乐此不疲的积木。

说白了，凤凰是子虚乌有的，有关凤凰可以衔枝自焚、浴火重生的故事，多是在佛经中和诗人笔下存在的，它实质上只是一个传说而已。

或者，凤凰就是一种美好的想象。

2

十几年前，陈小元去上海的时候，正值春末夏初，是上海一年当中气温最好的时候，不冷不热，不潮不湿，又风清天蓝云白。当他从丹凤县大庙村出发，顺着312国道线一直朝东，途经西峡、南阳、信阳、六安、合肥、南京，转来转去，在黄昏时分抵达上海的时候，面对这个美丽得像天堂一般的城市，真是茫然而不知所措，因为没有一座山，尽是高楼大厦，无法辨别东南西北。他明明以为的东边，太阳却从那里落下去了；他明明以为的南边，风却从那里刮过来了。陈小元下了大巴，从汽车站盲无目的地朝前走，顺路问了几家酒店，都贵得十分离谱，让他都不知道应该去什么地方投宿了。走着走着，他被一个金碧辉煌的院子拦住了，借着刚刚亮起的霓虹灯朝门头一看，牌子上竟然写着"静安寺"。

　　陈小元觉得十分奇怪，他们大庙村里原先也有一座寺庙，始建于明朝万历年间，相传最早供奉的，既不是神，也不是佛，而是一个人，当时那里叫木公祠。到了清朝末年，有人说大庙村没有一个姓木的，所以从外边请了一尊菩萨，演变成了村民们烧香拜佛的寺庙，恰恰也改了个名字叫静安寺。不过，在"破四旧"的时候，寺庙被彻底拆除了，仅仅留下一棵合抱粗的大柏树，依着大柏树建起了三间大瓦房和一个院子，这就是陈小元的家。

　　陈小元就是在这个废墟上建起来的家里出生长大的。

　　陈小元觉得，寺庙都应该建在穷苦的地方，尤其要建在偏僻的山里，因为只有偏僻的山里才需要寺庙，只有那里才有苦难。如今在如此繁华如此吵闹的城市看到寺庙，竟然和

村子里原来的寺庙一样叫静安寺，让他有些怀疑自己是不是还在梦中。

静安寺的大门两边各摆着一头铜狮子，有一个老头正在铜狮子下边整理一堆饮料瓶子。陈小元上前问，这静安寺是干什么的？老头说是烧香的。他问给谁烧香？老头说里边供奉的是佛，当然是给佛烧香。他问大城市里都是有文化的人，而且花花绿绿的日子这么好过，香火不会太旺吧？老头说，你看，寺庙修得这么漂亮，里边有一尊佛像是用三十万两白银造的，还有一座佛像是用四万两黄金造的，这都是香客捐献的，你说香火旺不旺？陈小元说，里边有和尚吗？老头抬起头，瞄了一眼他的光头，顺着他的头顶又瞄了一眼后边的静安寺。老头说，没有和尚那还叫寺庙吗？陈小元说，和尚很多吧？老头说，怎么了，你想来出家吗？陈小元说，我就是问问而已。老头说，你想到这里出家的话，我劝你还是快走吧。陈小元问，为什么？老头说，就因为它是静安寺。

老头抬起脚，把最后两个塑料瓶子啪啪地踩扁，装进袋子里提走了。老头临走前，又瞄了一眼陈小元的光头，有些意味深长地说，你等一二十年再来，就有希望出家了。

陈小元觉得有些好笑，真想再问几句，但是像幻觉一样，老头佝偻着腰已经汇入了茫茫人流。

静安寺前边是繁华的南京路，西边一路之隔就是有名的百乐门舞厅。许多人从大门前经过时，都禁不住要停下脚步，扒在门上朝里看，看着看着就身不由己了，干脆扑通一声跪在地上磕头。大家似乎把大门当成了功德箱，顺着门缝朝里边扔钱。有一对中年男女跪在地上，闭着眼睛，双手合十，嘴里念念有词。陈小元靠近一听，他们念的不是佛，而是某某某的名字，还有北大和清华，还有数学和外语，还有六月七日、八日、九日。陈小元串起来就明白了，高考临近，这是在祈求孩子能考上一所理想的大学。

陈小元来到东边的偏门，从身上摸出十块钱塞进了门缝。这个时候，大门开了，是朝外边运送垃圾的车子出来了。他上前帮忙推了推垃圾车，顺便就钻进门去。

静安寺里边更是恢宏气派，广场中间有一座十余米高的福慧宝鼎，大雄宝殿被几十级汉白玉台阶托在半空，似乎直达佛国天庭；几十根合抱粗的柱子都是柚木的，散发着淡淡的香味，用手轻轻一拍，就有嗡嗡的回声；屋顶铺着金黄色的琉璃瓦，屋脊和飞檐雕刻着各种各样的装饰，有走兽、悬鱼、风铃，显得吉祥如意；香炉里的香火没有烧完，依然烛影摇曳、烟气袅袅，还隐隐地传来木鱼声和念经声。

陈小元好奇地东摸摸西转转，又坐在台阶上休息了会儿，静安寺就打板止静了。想想自己的家本就建在寺庙上边，这里感觉和在自己家里也没有太大差别，加上他实在太累了，又舍不得几百块钱，不如将就将就算了，最后干脆靠着大雄宝殿前边的一棵银杏树马马虎虎地睡了一夜。

那一夜,他又做梦了,还是相同的梦。

陈小元之所以迷迷糊糊地跑到上海,而不是顺山顺水地西出长安、南下武汉、北进首都,按照他自己的说法,并不是自己了解上海,也不是投奔什么亲戚朋友,而是因为来上海之前自己经常会做一个梦。他把整个梦境组合起来就是一只鸟——东边是一片高楼大厦,向东一直延伸到海边,像一个奋力朝前的鸟头;西边是一片老旧的洋房,向西一直扩散,像一对展开的五彩斑斓的翅膀;有一条江呈"S"形穿城而过,霓虹艳影投入清清凌凌的江水之中,像一条挂在鸟脖子上的项链。还有一个临水而居的日夜凝视着江水缓缓流逝的仙女……他没有见过仙鹤,也没有见过天鹅,更没有见过凤凰,只是在大庙村的房前屋后,尤其在背风向阳的山坡上,经常可以遇到披着一身漂亮羽毛的锦鸡。他仔细地回味了很长时间,觉得那只鸟像凤凰、像天鹅、像仙鹤、像锦鸡,但他坚信是凤凰。

等陈小元真正跑到上海不久,才明白那条江叫黄浦江,东边是陆家嘴,西边是外滩,那个仙女名叫凤姐。只不过,凤姐家紧靠着的不是黄浦江和苏州河,而是从外滩朝北走,穿过江河交汇处的外白渡桥,离桥两三公里的一条无名小河。即使到了后来,那条小河边的一棵梧桐树差点要了他的命,有人带着几分指责、几分嘲笑的口吻问他,你一个土农民,没有钱,没有学历,吃了豹子胆,也敢去上海?但是他始终一句话：这是梦的召唤，更是上天注定的。

当然，在他的梦里，每次都会出现一座金碧辉煌的寺庙，他总以为那是大庙村被拆除的静安寺。虽然他自己从没有见过大庙村的静安寺，但是在它的遗址上住了二三十年。当他真正地站在静安寺里边的时候，他一下子明白了，在梦里出现的和现在看到的，是一模一样的。他想，也许两座寺庙原本就一模一样，或者他的梦是一面镜子，把一座寺庙映照成了两座寺庙，其中一座不过是影子而已。

似乎上海和它的静安寺，以及即将相遇的凤姐，原来都是不存在的，而是从他的梦里飞出来的。

早晨六七点的时候，有个漂亮的女孩发现了银杏树下的陈小元。她看陈小元剃着一颗光头，但是没有僧人的戒疤，也不是僧人打扮，所以猜测他是乞丐，或者是俗家弟子。于是，她拿着一把三角尺捅了捅陈小元，说你去别的地方化缘吧，我们要在这里干活了。

这女孩就是凤姐。她留着披肩长发，头发染成了黄色，像倾泻而下的金丝，上身穿着橘红色衬衣，下身穿着浅蓝色牛仔裤，优雅时髦得像上海街头的法国梧桐树。不过，虽然她看上去一副低眉顺眼的样子，但其实眼睛是长在头顶上的，似乎她的路不在地上而在天上，因此她和陈小元说话时，目光是斜视着天空的。此时正是朝霞满天，映照得她的脸熠熠生辉。

陈小元睁开睡意蒙眬的眼睛,疑惑不解地问,你是说我吗?凤姐说,你以为我说的是银杏树啊?陈小元说,我又不是和尚。凤姐说,你不是和尚为什么睡在这里?陈小元说,你也不是尼姑,为什么站在这里?

凤姐的同伴是一个留着小胡子的男人,三四十岁的样子,一口河南腔。他在旁边的空地上铺起一层纸壳子,然后倒出半袋子水泥,拌入一些沙子,兑了半桶水,开始和了起来。他一边干活一边说,别废话了,赶紧让开吧。陈小元说,我找不到地方住宿。小胡子说,那也不能住在人家寺庙里,外边到处都是大酒店,三星、四星、五星,还没有你住的吗?我看你是舍不得钱吧?陈小元笑着点点头说,是啊,睡一晚上几百块,可以买一头猪了。小胡子说,你是从农村来的吧?如果是来打工的,应该租房子住,睡在这里也不是长久之计。陈小元说,我不知道房子应该在哪里租。小胡子说,这要看你准备去哪里打工。陈小元说,我也不知道要去哪里打工。

凤姐拿着三角尺,在旁边的墙上、门上和窗子上量来量去,在小本子上边记着什么。

凤姐说,你多大了?陈小元说,不到三十。凤姐说,你是从哪里毕业的?什么文凭?陈小元说,我家是陕西的,仅仅高中毕业,土农民一个,哪里有文凭呀。凤姐说,你有什么技术吗?陈小元说,我们农民只知道种庄稼,不知道捉虫子、锄草算不算技术？而且打工也不要什么技术吧？凤姐说，你除非去长江口当搬运工，干其他活都要技术，在上海你没有文凭又没有技术，能混得下去吗？

小胡子说，你看看我们凤姐，土生土长的上海人，是名牌大学毕业生，学的又是装潢设计，要文凭有文凭，要技术有技术，连我这样一个泥水匠，干的活也是有技术的，而且是要执证上岗的。陈小元说，你说的是什么证？小胡子说，资格证啊，是正儿八经考出来的。陈小元说，你干的这活，我也会。小胡子说，那好，我抽根烟，你来帮我干干看？陈小元说，你和这些水泥干什么？是铺路吗？小胡子说，铺路也需要技术，我这活可没铺路那么简单！

陈小元说，你不会是学女娲补天吧？

小胡子说，我在修缮寺庙，和女娲补天差不多，不信你看看这里的墙壁，仅仅是这种颜色，你能调得出来的话，我马上给你磕头，拜你为师。

陈小元看了看所有的院墙，都被糊得黄灿灿的，确实与其他任何地方都不一样，尤其被早晨的阳光一照，似乎是佛祖身上放射出来的沐浴着芸芸众生的灵光，让人不由自主地生出几分敬仰。陈小元指着凤姐问小胡子，你是女娲的话，那她是干什么的？

小胡子说，她才是真正的女娲。我刚刚已经说了，她是设计师，墙的颜色，窗子的样子以及大小尺寸，甚至菩萨坐姿如何，手中拿着什么，最后的效果是什么，都是她事先画出来的。陈小元说，我明白了，你们不仅仅在修缮寺庙，还在塑造佛像对吗？小胡子说，差不多吧。

陈小元有些敬佩地说，你们太厉害了，我平时见到佛像，下跪都来不及呢。凤姐说，其实吧，人家佛像都是镀金的，我们也塑造不了，我们只是来给他们修理一下院墙，补几扇窗子。小胡子说，你可别小看院墙和窗子，都有几百年上千年的历史，可不像我们在农村盖房子的时候，随随便便用砖头砌一砌，和点稀泥抹一抹就完了。

陈小元在起身离开的时候，也许是灵光一闪，忽然告诉凤姐，其实他是一个木匠。

似乎木匠这个词是半空中正在飘过来的一朵白云。凤姐依然斜视着天空说，你是一个木匠？你都打过什么家具？陈小元说，过去给人打过不少嫁妆，也打过不少棺材，还打过几台大风车。你知道大风车吗？凤姐说，是游乐园里吱呀吱呀转的那个东西对吗？陈小元没有进过游乐园，说是夏天收麦子用的。凤姐说，上海不种麦子，肯定是用不着的，你会打门窗、橱柜和书柜吗？陈小元说，这些都是最简单的。凤姐说，你打的家具和别人有什么不同吗？陈小元说，也没有什么不同，就是除了铰链、胶水之外，不用一颗钉子，而且还可以画一点画。

凤姐终于回过头，盯着陈小元问，你会画画？

陈小元说，我哪里会画画呀，就是在家具上雕刻几只喜鹊、几朵梅花而已。

凤姐指了指寺庙的柱子、阁楼和屋檐说，龙呢？大象呢？莲花呢？祥云呢？你会雕刻吗？陈小元说，我们那里穷，是不敢雕龙的，山多水少，也不长莲花，虽然从来没有雕刻过，但是会应该还是会的。凤姐说，你这手艺是从哪里学的？陈小元说，是我爸教我的，我爸的手艺又是从祖先那里一代代传下来的。凤姐说，你不会姓鲁，你的祖先不会叫鲁班吧？陈小元说，我不姓鲁，但肯定是鲁班的徒子徒孙，我们家好几代人都是木匠。据说我爷爷的爷爷的爷爷是给贵妃娘娘打过凤椅的，贵妃娘娘坐着那把凤椅，把好多毛病给治好了，而且很快怀上了龙胎，所以把自己的丫鬟许配给了我爷爷的爷爷的爷爷，还赏给我爷爷的爷爷的奶奶一枚木观音。

小胡子说，这么绕来绕去的，你是不是吹牛啊？

陈小元说，我也不知道，估计是吹牛吧，反正传下来的那枚木观音肯定是真的。

凤姐笑眯眯地问，为什么是木的，而不是玉的？陈小元说，我猜应该与木匠有关，而且金的、银的、玉的，有时还不如木的。小胡子说，有的金丝楠木确实比金子还贵，你那是什么木材？陈小元说，正好是香楠木的，金丝楠木是其中一种。凤姐说，如今木观音呢？陈小元说，我藏着呢，这是要传给我媳妇的。

凤姐说，你媳妇呢？

陈小元说，她还在梦里，就因为常常梦见这个媳妇，所以我才跑到上海来了。

凤姐说，原来你来上海，不是为了打工，而是做梦娶媳妇啊。

3

陈小元的病情又加重了，几乎卧床不起了。

农历腊月十六，六年级放寒假不久，凤妹去小卖部买酒回来，刚刚走到大柏树下边的时候，隔着院子就能听到她爸陈小元"哎哟妈呀"的呻吟声，还有砰的一声脆响，估计他的酒又喝完了，酒瓶子被摔碎了。

陈小元喊叫道，凤妹啊，干脆让狼把你吃掉算了，我让你买的酒呢？快把酒给我拿来！

凤妹是陈小元的女儿，名字叫陈丹凤。因为他们的县名也叫丹凤，所以大家不叫她丹凤，而叫她凤妹。凤妹笑着想，她是他的宝贝女儿，他怎么舍得让狼把她吃掉啊？她如果让狼吃掉了，那在这个世上还有谁可以照顾他呢？

陈小元十几年前在上海打工的时候出过一次事故，无法界定是天灾还是人祸，反正把一条左腿给锯掉了。他拖着一条右腿回到大庙村之后，发现在上海还落下了一个病根，他患上了严重的风湿性关节炎，那条右腿也基本报废了。每到潮湿阴冷的时候，似乎有人拿着几把刀子在他的身体里没完没了地剁着，把肉剁成了泥，把骨头剁成了碎末。即使身上放一根针，也有磨盘那么重，身上盖着被子，像是压着几座大山，让他绝望极了。陈小元好几次告诉凤妹，干脆把右腿也给砍下来算了。凤妹说，可以砍掉啊，不过再等几年吧。陈小元说，为什么要等几年？凤妹说，爸你傻呀，等我长大了，你要不要这条腿都不怕了，我可以背着你到处跑了。

所以，等着女儿凤妹长大，成了陈小元唯一的希望。只要凤妹长大了，别说砍掉一条腿，就是再砍掉两条胳膊，他也毫不在乎了。

大庙村没有医生，只有一个劁猪骟牛的兽医老马。平时有人头疼脑热，老马就兼着应个急。凤妹把老马请来看了好多次，中药吃了好几年，偏方开了一大堆，丝毫没有好转。陈小元喝掉的草药，每年差不多有上百服，整个大庙村像中药铺似的，昼夜都弥漫着一股药味，仅仅倒出去的药渣，就把村口铺得平平展展的，那儿成了大庙村最平坦的一段路。

老马建议他去县城看看，陈小元死活不肯，一是家里穷得已经揭不开锅了，二是这种病就是华佗来了也只能叹气。陈小元就天天喝酒，虽然没有减轻病情，但是起码感觉不那么疼痛了。陈小元原来就会喝酒，也就二三两的量。然而，为了减轻痛苦,他早晨喝,黄昏喝,半夜三更喝,每天加起来起码要喝七八两。他的酒瘾也越来越大,晚上只有抱着酒才能入睡,等他醒过来的时候,似乎只有喝酒,新的一天才能开始。

这个冬天,陈小元总是处在半醒半醉的状态中,大庙村也在断断续续地下雪。积雪厚得连屋顶也看不见了,山上更是白茫茫一片,把许多树木的枝丫都压断了,关键是把通往外边的路全部堵死了,使本来就偏僻的大庙村与外界彻底地隔绝了。

凤妹进门之前,放下酒,在大柏树下边挑了一块干净的雪地,拿起一根树枝子,笑眯眯地写出四个大字——生日快乐。她还拿雪在旁边堆起了一个蛋糕。她从来没有吃过蛋糕,也没有见过真正的蛋糕,但是从书上看到过蛋糕的样子,是白色的,是圆形的,上边撒着一层花瓣。

这天是阳历二月一日,正好是凤妹十四岁生日。她的生日就是这么奇怪,如果按照阳历计算,有时候在腊月,有时候在正月。她拔了十四根狗尾巴草,插在"蛋糕"上边,算是十四根蜡烛。

凤妹从衣领里拉出一枚吊牌,有核桃大小,是香楠木的,其中一面凹进去,雕刻着一尊观音,已经被磨得油光发亮,总是散发着淡淡的香气。她把木观音捧在手心,闭着眼睛,双手合十许了个愿。她不祈求她爸戒酒,酒是她爸的

药，如果戒掉了，那怎么止痛呢？她也不祈求她爸能够康复，她爸那条左腿这辈子是不可能再长出来了。

凤妹的愿非常简单，就是那个人能够回来。

那个人如果回来了，无论如何她都是最开心的。

凤妹轻轻地吹了吹，算是把蜡烛吹灭了。

凤妹抓起一把雪放在嘴里，似乎吃到了蛋糕，听到了祝福，所以她十分满足。

半个月前，还没有放寒假，她就惦记着自己的十四岁生日。刚刚在去小卖部给她爸买酒的路上，她多么希望有人突然提醒一下她，说今天是她的生日，是十四岁的生日。过完十四岁生日，就算长大成人了，在古代的话就可以出嫁了。但是，在这个世上，有谁记得她的生日呢？爷爷奶奶在她出生前就去世了，他们坟上的草比自己还高。也许老师记得她的生日，因为每学期报到的时候，是要登记出生年月的。但是从一年级到六年级，老师从来没有注意过她的生日，何况已经放寒假了，老师已经回家了。她爸应该记得她的生日，但是他已经被折磨得奄奄一息，怎么会有心情给她过生日呢？大柏树上的喜鹊应该记得她的生日，因为有几次自己过生日的时候，喜鹊似乎高兴得乱叫乱飞。如今喜鹊早不知去向了，换成了几只黑老鸹，经常站在上边不祥地叫着。

许多小伙伴都有外公外婆，不过对于凤妹而言，这两个亲人就更加虚幻了。凤妹曾经问陈小元，外公外婆是不是也在上海？但都被陈小元给绕过去了。

凤妹说，是死了吗？

陈小元说，不是，是根本没有。

凤妹说，那我妈是从哪里来的？她又不是从天上掉下来的。

陈小元说，她还真是从天上掉下来的。

凤妹说，天上可以下雨，可以下雪，不可能掉人。

陈小元说，你想想，仙女和凤凰，是不是从天上掉下来的？

凤妹想，除自己之外，有一个人应该也记得她的生日。这个人就是她妈。她没有急着把木观音塞回衣服里，而是定定地捧在手心，仔仔细细地端详着。这枚木观音是奶奶的，据说老老太奶曾经是宫廷里的丫鬟，这枚木观音是一位贵妃赏给她的，于是一代代传下来，就传到她爸陈小元的手中，再经过她妈凤姐的手，终于挂在了她的脖子上。

在凤妹的心里，这枚木观音就是她妈，她妈就应该是木观音那副慈悲怜悯的样子。

想到这里，凤妹禁不住抬起头，朝着东边阴沉沉的天空看了一眼，似乎越过无边无际的起起伏伏的大雪山，一下子穿越了一千三百公里的山山水水，看到了那个遥远的海边的城市。

她在心里轻轻地叫了一声"妈"……

凤妹回到家,打开一瓶酒递给了陈小元。

陈小元说,你在外边磨蹭什么?我以为你被狼吃掉了。凤妹说,大庙村还有狼吗?我正盼着被狼吃掉呢。陈小元说,小卖部那王八蛋,又为难你了吧?凤妹说,人家说了,以后不卖酒了。陈小元说,为什么呀?凤妹说,人家说我是未成年人,卖酒给我是违法的。陈小元说,你又不是自己喝。凤妹说,你喝也不行,人家说进回来的酒全被你一个人给喝光了。陈小元说,我又不是白喝。凤妹说,但是都半年了,欠人家那么多钱,我们还过一分吗?陈小元说,我又跑不掉。凤妹说,就是的,我们又跑不掉,那么小气干什么?

陈小元又喝了半瓶子酒,就勉强可以坐起来吃晚饭了。

陈小元看着凤妹端过来的两碗清汤面、一盘子土豆丝和一盘子泡菜说,这太简单了,家里鸡蛋还有吧?为什么不炒鸡蛋?凤妹说,剩下几个鸡蛋,早就拿去换盐了。陈小元说,为什么不炒腊肉?凤妹说,腊肉不多了,要留到过年呢。陈小元说,凤妹小小年纪,就懂得过日子了,不过今天是一个特别的日子。凤妹说,什么日子?陈小元说,你别装了,今天是什么日子,你自己清楚,但是连肉都让你吃不上,我真是没有用啊!凤妹说,爸,只要你还记得今天是什么日子,我就比吃肉都要高兴。

陈小元让凤妹拿出两个杯子,各倒了半杯酒,然后端起来说,我们干杯。

凤妹说,我又没有病。

陈小元说,今天是你的生日。

凤妹说,好吧,那就一口。

陈小元说,祝你生日快乐!

凤妹听到这句话,咯咯地笑了起来。

这是第三次有人祝自己"生日快乐"。

第一次"生日快乐"是她妈说的,不过当时自己刚满周岁,不知道别人说了什么,她妈长什么样子也没记住。这些都是她爸后来告诉她的,说她妈长着鹅蛋脸,留着一头长发。说出这句话的时候,她那张脸像小火炉子一样,那双眼睛像盛满了疼爱的火焰,而且她妈还从脖子上取下那枚木观音,挂在了凤妹的脖子上。第二次"生日快乐"也是她妈说的,不过那是在电话里。大庙村一直不通电话,是她爸把她带到县城,专门打电话给她妈的。她刚刚记事不久,记得她妈让她一定要吃蛋糕、要吹蜡烛,而且教她如何捧着木观音许愿——她许完愿之后就告诉她妈,她的愿望不是有新衣服穿,也不是有糖果什么好吃的,而是希望下一次生日的时候,她妈能回来。但是她妈说,愿望说出来就不灵了。果然,凤妹的愿望落空了。第二年生日,她等啊等啊,站在村口一直等到天黑,坐在家里一直等到天亮,但是她妈终究没有出现。那是她最后一次听到她妈的声音,至今她还能辨别出那个声音,她妈在她的脑海中也仅仅只有声音的存在,像柔软得可以挤出水分的海绵一样。这之前，有一年夏天，她妈回大庙村住过几天，每年过年或者过生日的时候，还会寄东西回来，鞋、袜子、布娃娃、大白兔奶糖，每次收到东西，她都像见到她妈一样，穿着那双可以发光的鞋，高兴地满村子跑。但是在电话中说完"生日快乐"之后，电话彻底关机，她妈再也没有任何音信，似乎从这个世界上消失了。

凤妹问陈小元，我妈什么时候回家？陈小元每次回答的都是"过年"。每到过年凤妹又问，我妈为什么不回家？陈小元说你妈太忙顾不上。凤妹就再问，我妈是干什么工作的？陈小元说你妈原来是画画的。凤妹说，我妈是不是专门画星星的？陈小元说，满天的星星都是她画的，不画星星的时候她就画月亮，你想想她有多忙呀。

凤妹最后一个问题是，我妈在哪里？

陈小元说，原来在上海，现在应该还在上海，离我们真是太远了，有一千三百公里。

凤妹就是在这样的追问下一年一年地长大，也许慢慢懂事了，也许失望了太多次，所以什么都不问了，只在心里默默地念叨着，希望她妈有一天突然出现在大庙村。哪怕不出现在大庙村，仅仅寄来一双鞋或者一双袜子，让她明白自己不是从天上掉下来的，她妈更不是从天上掉下来的。

凤妹碰完杯，把自己的酒重新倒回瓶子。陈小元问凤妹，是不是怕喝醉了？凤妹说，这是最后一瓶酒，被我喝掉了，爸你明天就惨了。

陈小元神情黯然地摸了摸凤妹的头说，你赶紧睡吧，明天会有办法的。

陈小元转过身，面朝着墙，用拐杖使劲地敲打着右腿。他半是呻吟半是痛哭地说，我到底造了什么孽啊！

天已经黑透了，那一声声绝望的痛哭在夜色中传遍了整个村子。

4

凤姐干完活，在离开静安寺的时候，收拾好东西对陈小元说，不管你怎么瞎编，我都帮你一把。陈小元说，我没有技术，你怎么帮我？凤姐说，你不是木匠吗？我们公司正好缺人。陈小元说，你们是什么公司？凤姐说，是卖人肉包子的，我们剥掉你的皮抽掉你的筋做成人肉包子，你不怕的话就跟我走吧。

陈小元背起行李说，这有什么好怕的，上海这么好的地方，能成为你们的包子多牛啊。如果能成为你嘴里的包子，被你一点点地消化掉，那我高兴还来不及呢。

凤姐说，你是农民吗？农民的嘴有你这么甜吗？陈小元说，你这城市大小姐又不认识农民，你怎么知道农民的嘴是什么味道？凤姐回过头，毫不客气地把自己的提包扔给陈小元，让陈小元远远地跟在她身后，像雇工一样替她拎着包。在上海，无论是大街上、商场里，还是自己家中，这种情景都是司空见惯的，这从另一个角度衬托出了上海男人的绅士风度和上海女人的高高在上。

凤姐工作的公司叫华表古建筑装饰装修公司，公司规模不大，却很有名气，主要进行历史建筑的修缮和保护。她从上海一所大学毕业之后，就在这家公司当了一名工程设计师。公司办公室离静安寺不远，在常德路北京路附近的石库门老弄堂里。

经过常德路，可以看到一栋淡粉色的小楼，凤姐指了指说，张爱玲你认识吗？陈小元说，我们这些土包子，土豆红薯倒是认识，哪里认识什么爱什么玲啊。凤姐说，你不是高中毕业吗？我不信你不知道张爱玲。陈小元说，张爱玲不会就是你吧？凤姐说，我要是她，哪里会是现在这个样子。对面那栋小楼就是她家，凭着这套房子估计也是上千万的身家。陈小元说，我的妈呀，那就是常德公寓？！凤姐说，你这农民真了不起，竟然还知道常德公寓？陈小元说，老实说吧，在上高中的时候，我满脑子都在琢磨，让王佳芝做媳妇多好，但是如果不派王佳芝，怎么去杀那个汉奸。凤姐说，最后想出来了吗？陈小元说，当然没有，如果想出来了，也不至于考不上大学。

陈小元看着凤姐的背影说，你和张爱玲还是挺像的，你如果把长头发剪短一些，再穿上旗袍的话，就更像了。凤姐说，你不会是骗子吧？你又没有见过她。陈小元说，我怎么没有见过她？有一本书上印着她的照片。

陈小元后来告诉凤姐，他确实是冲着梦里的女人来的，原以为梦见的那个女人是张爱玲，等见到凤姐之后，才明白其实是凤姐。凤姐和他梦里的女人长得一模一样，天天坐在窗子边，看着黄浦江的流水，喝茶。凤姐说，不应该喝茶，应该在喝咖啡。陈小元说，你喝茶是假的，其实是在等人。凤姐说，哪怕是在等人，我也不可能喝茶，我们上海女人只喜欢喝咖啡。而且你之前没有来过上海，又没有见过我，怎么可能梦见我呢？关键是我家离黄浦江还有好几公里。

陈小元坚持说，他这辈子没来过上海，没有见过她，但是上辈子肯定是来过上海见过她的，所以才这么巧，刚来上海第一天，眼睛一睁，就遇到了她，而且是在静安寺里，在菩萨的见证之下。很明显，这是上天安排好的。他一本正经地说了一遍又一遍，别人都说他是骗子，凤姐没说他是骗子，却说他梦见的不应该是她，也不应该是张爱玲。她和张爱玲确实挺像，但是都和他的气场不符，不可能出现在他的梦里。他最有可能梦见的是另一个凤姐，或者是张爱玲小说里的王佳芝。

两个人说笑着，二十分钟就来到了凤姐的公司。

陈小元的运气非常不错，公司从来没有配过木匠，遇到这方面的活都是外包的，不过最近在几座寺庙里的工程比较多，正好需要配一名专职木匠。所以陈小元第二天就开始上班了，试用期是三个月，每月基本工资是三千块，外加奖金和补贴什么的，一个月可以拿到六七千。而且公司提供集体宿舍，陈小元与小胡子两个人住在一起，公司每天免费提供一顿午餐，基本是两菜一汤，还有一个水果，梨子、橘子、香蕉轮换着上。

陈小元和凤姐从此成了同事，但是毕竟一个是木匠，一个是设计师；一个是农民工，一个是高级白领；一个是农村人，一个是上海人；一个是高中毕业，一个是大学毕业；一个是用斧子和凿子，一个是用笔和纸。他们两个人之间，无异于一个在地，一个在天，完完全全就是两个世界的人。但是谁也不会想到，就这么样的两个人，一来二去，竟然产生了千丝万缕的关系。

陈小元进入华表公司的时候，公司在静安寺修缮的工程中，剩下几道院墙和几间寮房的活儿没做完。他接到的第一项任务是打六扇窗子。凤姐当时还不知道他的手艺如何，只觉得毕竟是农村来的，又三十岁不到，手艺肯定有，但是不太像他说的，是几代相传的民间高手。加上佛家讲的是空，修行之人用的，应该尽量朴素一些，所以她尽量设计得简单一些，只是标示了尺寸、颜色和式样，并没有要求雕刻什么花纹。

陈小元在大庙村是打过窗子的，都是从俗就简的格子窗，如今头一回给寺庙干活，不清楚寺庙的窗子是不是和出家人一样，有什么清规戒律，对木头和花纹有什么禁忌。所以动工之前，他又随着泥水匠小胡子去了一趟静安寺，仔细察看研究了一番之后，发现佛龛法器多是楠木的，门窗和柱子都是柚木的，有的雕刻着祥龙，有的雕刻着祥云，有的雕刻着如意。

从静安寺回来，陈小元心中基本有数了。

陈小元来上海之前，并不知道自己会当木匠，但是出门带着工具一向是他的习惯。所以他带来的行李里，除了几件换洗衣服之外，就是他的木匠工具了。凿子、刨子、锛子、斧子、锤子、锯子、钻子、木锉、砂纸、墨斗、各种各样的尺子，还有磨刀石和钢锉，可以说是应有尽有。因为都是几代人传下来的，所以许多东西都被磨得油光发亮。尤其那个墨斗是虎头形的，用生漆刷得黑乎乎的，"8"字形的线锥是铜的，线轮也是铜的，墨线是蚕丝的，墨仓也是用蚕丝填的，墨签是用龙鳞竹做的。有一次遇到一个文物贩子，缠着陈小元两千块钱卖给他。陈小元说，我是木匠，我卖掉墨斗，那叫羞先人。贩子说，少一个墨斗又不影响你当木匠。陈小元说，墨斗相当于巴子，男人没有巴子，那就成了太监，活着还有意思吗？贩子说，太监不就为钱吗？我豁出去了，给你五千块怎么样？陈小元说，你给五万块钱我也做不了主。贩子说,那谁做主?陈小元说,我的老先人,这是他们传下来的。

他把工具一件件地安装起来,用棉布齐齐地擦了一遍,然后自己动手加工了一条七尺长、一尺宽的木工凳,让公司腾出一间库房当成他的工作间,又要求公司采购一批成品木材、明胶和染料等。公司看他这条件那条件的提了一堆,本来是半信半疑的,但是看到老古董似的形态各异的工具,还有陈小元摆开的那架势,就答应了他的要求。

准备就绪,陈小元就开始加班加点干活了。他觉得这些窗子是用在寺庙的,不仅僧人们会从窗子里向外看,说不定佛也要从窗子外向里看,所以是万万马虎不得的,不能像俗世人家那么单调,也不能像宫廷大院那么浮华。于是除了尺寸和式样是按照凤姐的设计图纸来之外,他又在窗子中间雕刻了三朵莲花——之所以是三朵,是因为佛教里以三为大,又有着三生三世轮回的意思。这是他第一次雕刻莲花,他以前也很少见到莲花,为了不闹笑话,他专门请凤姐画了出来。他还不满足,又在窗子四角各雕刻了一朵祥云,最让人吃惊的是,莲花和祥云都是镂空的。最后,涂粉子,用砂纸打磨,再调制一桶赭红色的油漆,把六扇窗子刷了几遍。被染过的窗子既不鲜艳也不黯淡,像黄色的泥土经过岁月侵蚀一样古朴而又庄重。

一个多月之后,第一个看到这些窗子的是小胡子。小胡子是被喊来帮忙的，要把这些窗子运到静安寺去安装。小胡子惊呆了，说你会变魔术吗？开始还是几块木板，转眼怎么就变成窗子了？陈小元说，我是木匠，又不是魔术师。小胡子说，你是不是从别的寺庙偷来的？陈小元说，我是木匠，可不是小偷。小胡子说，你是不是从旧货市场淘来的？陈小元说，什么是旧货市场呀？小胡子说，难道是你自己加工的吗？陈小元说，当然是我自己加工的了。小胡子说，你这些天躲在库房里叮叮当当的，干得不错啊。陈小元笑了笑说，你感觉还行，对吧？小胡子说，不是还行，简直像文物一样，不仅与静安寺风格一致，甚至都能以假乱真了。

小胡子告诉陈小元，静安寺有一块"赤乌碑"。据碑文记载，静安寺是三国时期建起来的，最初建在苏州河边，因为怕被河水冲垮，就迁到了现在这个地方，经过宋元明清不断地翻建，才变成了江南有名的寺庙之一。和大庙村的静安寺一样，也是在"破四旧"的时候，静安寺遭受了严重冲击，佛像被毁掉了，法器文物被劫掠一空，整座寺庙被改成了工厂。好在改革开放以后，原址原样地进行了恢复，所以现在看到的，要么是新建的，要么是修复的。

小胡子说，如果不仔细研究，大家肯定会以为你加工的这些窗子都是文物。

陈小元说，这都是凤姐设计的，我只是照葫芦画瓢。

凤姐听到咋呼声时，已经站在这些窗子面前。她这里摸摸，那里看看，发现虽然整体风格是自己设计的，颜色也是自己定下来的，但是经过陈小元之手后升华了。如果没有这三朵莲花，没有这四朵祥云，这些窗子就没有灵气，就像寺庙没有木鱼和经书；如果没有染得那么古色古香，就不会像现在这样，让人吃惊地以为这些东西都是从几百年前甚至上千年前穿越风风雨雨而来的。

陈小元是凤姐引荐的，又把功劳记在凤姐头上，这让凤姐有一些得意。更难能可贵的是，他在这么简单的几扇窗子上，就淋漓尽致地体现出了近乎天才一样的手艺。凤姐说，看来我给公司立了一功，无意中引进了一个人才。小胡子说，是啊，这方面的工程以后我们就不用外包了，可以自己干了。

陈小元感激地说，谢谢凤姐和小胡子，不然我在上海找不到工作，恐怕会饿死。

凤姐说，别谢我，要谢就谢上海，只有上海才有这么多的机会。

小胡子也说，别谢我，要谢就谢菩萨，恐怕只有菩萨才需要木匠，而且大家之所以相遇在静安寺，肯定是菩萨安排的缘分。

六扇窗子安好之后，静安寺的僧人也是十分满意，干脆把另外的一些工程，比如添加几座佛龛啊，为上客堂和文物楼打造几扇屏风啊，全都承包给了华表公司。

陈小元上高中的时候，他爸就不希望他考大学，而是回家当木匠。在学校期间，他有意识地看过一些木工方面的理论书籍，包括家具的工艺、设计和绘画知识方面的书籍。加上在他爸身边耳濡目染，自小就利用一些旧木板，制作各种各样的玩具，比如滑板车和藏宝盒，供小伙伴们一起玩耍。所以，十八岁高中毕业之后，他跟着他爸正式学了两三年就出师了，别看他当年年纪轻轻的，大庙村周围百分之五六十的家具都是由他打出来的。有人嫁女儿，就请他过去，用梨木打两只箱子装衣服；有人另立门户，就请他过去，用松木打几个柜子装粮食；有人过世，就请他过去，用橡木打一口棺材下葬。据说，所有的木头经过他的手，就变得服服帖帖的了，无论打什么家具都不用一颗钉子，卯啊榫啊都是严丝合缝的，根本看不出是由几块木板拼装起来的，让人还以为是用整块木头雕刻出来的。不仅如此，他还根据人家不同的性格，在家具上雕刻不同的图案，如果出嫁的女子性格温顺，他就在箱子上刻几条柳枝；如果谁家媳妇长得好看，他就在梳妆台上刻几枝桃花；如果另立门户的人喜欢读书，他就在桌子上刻一首古诗配上梅花；如果谁家男人勤俭持家，他就在柜子上边刻几根竹子；有些妇道人家爱搬弄是非，他就什么也不愿意刻，只留空白。

他不仅打家具，还免费漆家具，红的、绿的、黄的、黑的，漆出来的效果十分逼真，像是木头原本就是彩色的。

他在打家具的时候，常常还要给人家算算命。他给人算命既不用生辰八字，也不用看相打卦。他说打家具的过程就是算命的过程，从砍树到解板，从打磨到刷漆，每个人的命运都会附在"一板一眼"之中。其实，那一板一眼就像在寺庙里求签一样，比如把卯打裂了，比如把榫打断了，比如不明不白少了一块板，比如无缘无故多了一条腿，都是一种暗示。每次打完家具，人家都会盯着他问怎么样，意思是让他"解签"。不过他净说好的，坏的一句不提，比如人家何时要添丁，何处能发意外之财，如何会结交贵人……如果有人问起何灾何难，他基本都要摇摇头，说是万万不可以泄露天机，不然这些倒霉的事情就会转移到自己头上。他算出来的好事，十有八九都应验了，如果有人应了灾应了劫，也没有办法追究他，只怪自己当时有什么怠慢之处，没有让他把这些灾难想办法给化解掉。所以，大家请他打家具的时候，都会言听计从，再心疼的树要砍就砍，再舍不得的板要用就用，而且对他照顾得十分周到，都是好茶好饭地招待着，生怕中间生出什么不祥的预兆。

可惜好景维持了不到八九年，大庙村开始流行从县城购买成品家具。不仅仅因为村里人少了，也因为成品家具看上去时髦，又是三合板的，省事又便宜，慢慢地就没有人请木匠打家具了。有一阵子，陈小元十分无聊和落寞，就在家里打各种各样的家具，比如圆形的箱子、三角形的柜子。有些家具打出来之后，送给左邻右舍吧，人家说太土气了；自己用吧，又没有太多东西可装。为了不浪费木头，他把好好的家具拆掉，重新打，重新漆。就这样拆了打，打了漆，漆了再拆，如果碰到有人过喜事，人家搭份子钱，他则挑一件好家具送过去。有一个远房亲戚结婚，他就抬过去两只大箱子。那箱子是用最好的松木打出来的，上边刻了几朵牡丹花，还染成了大红色，意味着荣华富贵红红火火。但是人家说摆着不协调，开始放在房檐下，后来经过的时候，发现有两只小狗从箱子里钻出来，汪汪地叫着。陈小元走近一看，人家在前边开了个门，把箱子当成了狗窝。

陈小元一生气，加上那阵子经常做梦，就这样糊里糊涂地跑到上海去了。

5

腊月十七，大庙村放晴了。老天爷似乎把最后一丝力气耗完了，飘飘洒洒了半个月的大雪一下子停了，连一片白云也没有留下。天空像一块冰，蓝蓝的，扣在头顶，密不透风，让人感觉更冷了。

刚刚吃完早饭，陈小元一半是疼痛，一半是犯了酒瘾，于是抡起拐杖使劲地敲打着右腿，似乎那条右腿不是自己的，而是仇人的。

陈小元一边敲打一边说，不如让我死了算了。凤妹说，爸，你死了我怎么办？陈小元说，我死了，你就没有拖累了，就可以好好上学了。凤妹说，没有爸，我上学有什么用？陈小元说，怎么没有用？！你明年就上初中，三年后就上高中，争取考上大学。凤妹说，爸你死了，我就成孤儿了，就不想上大学了。

陈小元说，不是还有你妈吗？你考上大学，争气考上上海的大学，就有机会见到你妈了。凤妹说，除非你陪着我，不然我才懒得去上海呢。陈小元说，我去上海，不当乞丐的话会饿死的。凤妹说，我妈可以养着你。陈小元说，你妈为什么养我？凤妹说，我可以养着你。陈小元说，我们凤妹真好。凤妹说，所以爸你不能死。陈小元说，但是我实在熬不下去了。

凤妹把昨天剩下的半瓶酒递过去说，想喝就喝吧。

陈小元忍了半天，还是控制不住，提起酒瓶子咕嘟咕嘟几口就喝光了。

陈小元把半杯水灌进去，晃了晃，又喝空了。他绝望地说，完了，喝完了，日子还怎么过啊？凤妹也不知道接下来的日子应该怎么过，反正在大庙村是很难弄到酒了。整个村子里的人不多了，喝酒的人更少了，即使人家有酒，比如小卖部，也不会卖给他们。

凤妹倚着门框，呆呆地看着门前的大山。虽然太阳升起来了，可是积雪没有丝毫融化的迹象，那条通往县城的路还是被严严实实地封住了。如果大雪化了，路通了，政府的救济就过来了，每年腊月他们都要送一堆年货，有米呀面呀油呀，还有两瓶白酒。即使他们不送白酒，自己也可以去县城想想办法。凤妹有一位远房姑父在酒厂工作，姑妈在酒厂外边开了一家商店，是专门卖烟酒副食的。姑妈的儿子大鹏，也就是自己的表哥，转到县城上学之前，在大庙村与自己是同桌。凤妹想，如果自己去求求他们，应该可以弄到一些酒，只要度过这个寒假，等到天气暖和一些，她爸的病情也许就会减轻。

　　在家里进进出出地转了几圈，凤妹的目光最终落在了鸡笼子里。笼子里有两只老母鸡，一只白色的，一只黑色的，悠闲地用喙整理着羽毛，那是她留着过年吃的。这些年，家里无论如何都要留下两只鸡，等着她妈回来。听她爸说，她妈来大庙村的时候，其他任何东西都吃不习惯，只喜欢喝他们山里的鸡汤。这两只鸡是凤妹千挑万选出来的，它们不仅是最胖的，而且是最漂亮的，也是叫得最欢的。她平时喂养的时候，也格外关照它们，比如偷偷地喂粮食呀，给它们喝凉开水呀，有时候还采摘一些草籽给它们。按照凤妹的意思，这样的鸡呀，应该是最香的。

　　凤妹打开笼子，把它们逮住抱在怀里。她抚摸着它们，像一位妈妈抚摸着两个即将送人的孩子。它们似乎已经预感到了什么，在凤妹的怀里使劲地扑棱着，但是它们的翅膀已经退化了，再怎么扑棱也飞不起来。陈小元听到鸡叫，他明白凤妹要干什么，但是确实已经没有办法了，他只能痛苦地呻吟着，表达自己的反对和绝望。

凤妹想，不能直接去小卖部，因为欠了小卖部好多钱，它们估计会被顶账的，那样就麻烦了。她抱着它们从村子里穿过，问左邻右舍有没有白酒。大家明白凤妹的意思，说我们不能帮你，那样等于害了你爸，你得想办法让他戒酒。凤妹说，我爸不是喝酒，那是喝药。大家说，酒就是酒，药就是药，酒怎么可能治病呢？

村东有一户人家姓汪，老汪刚刚办过七十大寿，剩下几瓶被客人喝剩下的白酒，他如果换下两只鸡，尤其那只黑鸡是大补的，大年三十晚上加上党参炖一炖，绝对能过一个好年。凤妹说，你这酒已经打开了。老汪说，这有什么关系？凤妹说，打开了，酒劲就跑掉了。老汪说，这是白酒，又不是啤酒。凤妹说，你不能杀掉它们。老汪说，不能杀掉，我要它们干什么？凤妹说，杀掉吃肉多可惜，养着可以下蛋啊。老汪说，这是冬天，它们会下蛋吗？凤妹说，你用粮食喂它们，也许大年三十之前就下蛋了。老汪说，如果不下蛋，那不是白养吗？凤妹说，它们是鸡，怎么会不下蛋呢？最晚拖到明年春天，你一粒米不喂，保证天天下蛋，这样下来，两只鸡，一个月就是六十个蛋，两个月就是一百二十个蛋。老汪说，那一年是多少个蛋？凤妹说，一年三百六十天，是七百二十个蛋。

老汪笑着说，凤妹的数学学得不错啊，这次考了多少分？

凤妹说，九十九分。

老汪说，难怪了。

凤妹用两只鸡换下了老汪家的四瓶酒。凤妹再三叮嘱，两只鸡算是出租，鸡仍然归自己，下蛋就归老汪，等她有钱的时候，再赎回去。

凤妹十分开心，这些酒起码可以支撑四天。她提着几个蓝色的酒瓶子穿过寂静的村子的时候，叮叮当当的撞击声回荡着，像风铃一样好听。

凤妹把陈小元扶起来，勉强挪到院子里，让他靠在椅子上好好地晒晒太阳。凤妹说，要是再生出褥疮来，更不得了了。

凤妹烧了一锅热水，把床上的被子拆了，把棉胎放在太阳下晒着。凤妹说，过年了，要洗洗了。陈小元说，你哪有力气啊。凤妹说，我都十四岁了，力气大着呢。陈小元说，你捏过针吗？缝不起来怎么办？凤妹说，爸你可以教我。

在陈小元还能下地活动的时候，他们家的被子都是陈小元自己洗的，也是他一针一线缝的，如今他什么家务活也干不了了，所以被子已经好久没有拆洗过了。陈小元看着凤妹把被单泡在水里，支着搓衣板吃力地洗着，他真想拄着拐杖挪过去帮帮忙，但是他的身体里像装着沙子一样，由不得自己支配。

凤妹把洗好的被单缠在柱子上，一个人就把水拧干了。

凤妹笑着说，我聪明吧？

陈小元说，太聪明了，和你妈一样聪明。

凤姐从来没有给这个家洗过一件衣服和一条被褥，陈小元不明白自己为什么要提起凤姐。当他突然说出这句话之后，两个人都有些沮丧，都陷入了沉默，只有两只老鸹站在院子外边的大柏树上，哇哇地叫着。

天再晴，毕竟是寒冬腊月，风忽大忽小，把晾衣竿上的被单吹得飘来飘去，像一面面使劲舞动着的旗子。陈小元眯起眼睛，假装睡着了，让太阳光在自己身上无声地消失，而凤妹在院子里铺开两张席子，把棉胎摊在上边，拿出两床新被单，开始穿针引线。

凤妹说，顶针太大了。

陈小元说，是你的手指太细了。

凤妹就在手指上缠了两层布片，然后再戴上顶针，但是没有缝到几针，手还是被扎破了，血都流出来了。

陈小元说，痛吧？

凤妹笑了笑说，不痛，就和打针一样。

陈小元说，你从小身体好，又没有打过针。

凤妹用嘴吮了吮血，说，我打过防疫针，爸，你喝过人血吗？陈小元说，我又不是妖怪，只有妖怪才喝人血。凤妹说，那你知道人血是什么味道吗？陈小元说，是甜的吧？凤妹又吮了一下手指头，说，错了，爸你再猜。陈小元说，是苦的？凤妹说，继续猜。陈小元说，是辣的。凤妹说，爸你真笨！我们平时吃盐，所以血是咸的。陈小元怎么可能不知道人血是什么味道呢？他当木匠的时候，斧子、刨子难免把手割伤，他在缝被子的时候，也会扎破自己的手指，会和凤妹一样用嘴吮一吮。

凤妹趴在被子上，像一只蠕动的虫子，向前一针一针地匍匐着，针脚是那么匀称、那么细密。

凤妹把一床被子铺在客房里，这床被子上边是大朵大朵的牡丹花，刚铺到床上，牡丹花一下子就盛开了，显得十分喜气。

陈小元说，你把自己的被子也换一换吧。凤妹说，我的被子还不脏。陈小元说，你也可以用客房那床。凤妹说，客人来了怎么办？

陈小元明白，凤妹所说的客人，其实指的是凤姐，她天天都期待着凤姐回来。凤姐是爱干净的人，如果突然回来的话，肯定需要一床新被子，尤其是牡丹花那样高贵的才配得上她。所以不仅仅过年，放在平时，凤妹也会经常把那间房子打扫干净，把被子、褥子拿出去晒一晒。凤妹似乎没有把凤姐当成她妈，而是真正地当成了客人，当成随时会远道而来的稀客。如果是她妈的话,应该和她爸睡在一起,或者是和她睡在一起。据说,她妈回大庙村的时候,是单独一个人住着的,如今那间房子依然保持着当初的样子。凤妹不明白为什么会这么奇怪,也许她妈和他们太陌生了,也许她妈和他们本来就不是同一个世界的人,所以她对她妈的感情是既思念又充满了隔阂。

太阳很快就偏西了,凤妹又烧了一锅水,坚持让陈小元洗洗澡。陈小元说,我一把碎骨头,有什么好洗的。凤妹说,你再不洗啊,苍蝇都不敢叮你了。陈小元说,你是嫌我臭,对吗?凤妹笑着说,爸你永远都是香的,苍蝇之所以不敢叮花,都是因为花太香了。陈小元说,我如果是花的话,那你是什么?凤妹说,我是小蜜蜂。

凤妹学着小蜜蜂的样子,嗡嗡嗡地跑来跑去。她打了一大盆热水,放在陈小元的床下边,放好香皂和毛巾,又生了一炉火,然后把房门关上了。

很快,房间里响起了撩水声,伴随着噼里啪啦的炉火燃烧声,还有一股股水蒸气夹杂着烟雾和香皂味透过门缝向外涌动着,让这个家立即温暖起来。

凤妹静静地坐在门枕上,脸上被涂上了淡淡的霞光。

凤妹说,爸你要搓背吗?

陈小元说,我手长着呢。

凤妹说,爸你还要添水吗?

陈小元说，这水热着呢。

凤妹说，爸你不要忘记打香皂呀。

陈小元说，放心吧，我又不是孩子。

凤妹说，爸你起来的时候，别摔倒了。

陈小元说，你还真是小蜜蜂，太啰唆了。

6

陈小元似乎天生就是一个木匠，尤其适合给寺庙里干活，每次面对一堆木头的时候，既有面对佛的那种虔诚，又有面对艺术的那种激情，他把自己的全部身心不计利益地投入进去，所以所有的活都干得十分出色。再加上凤姐见识过他的真本事之后，开始调动一切情绪拿出最好的设计图纸，两个人这么一配合，一年半载下来，陈小元和凤姐一起，自然成了公司的招牌。公司在工程投标的时候，在标书里赫然印着他们两个人的照片，把陈小元称为民间工艺大师传承人，把凤姐称为海派建筑设计新秀。

陈小元到公司以后，什么规矩都不清楚，就什么都听凤姐的，遇到针尖大的事情，不明白就问凤姐，加上两个人配合也很密切，这么风马牛不相及的两个人似乎成了朋友。他们一起加班，一起探讨设计，周末休息的时候，陈小元就央求凤姐当导游，带他去豫园、枫泾、朱家角、七宝老街转

转。按照陈小元的意思是想多见见世面，了解江南水乡的亭台楼阁，有利于手艺的提高。

凤姐开始很犹豫，不说其他方面不般配，光是穿着打扮反差就太大了。两个人走在一起，说是恋人，说是兄妹，说是跟班？除了临时雇工之外，什么关系放在他们身上都不合适，所以凤姐能推辞的就推辞，推辞不掉的时候，两人走在一起就尽量装作彼此并不熟悉的样子。尽管如此，偶尔被熟人看到了，面对别人奇怪的目光，陈小元还会主动解释说，他是她的乡下亲戚。

在上海，有很多返城的知青子女，所以有几个土得掉渣的乡下亲戚是有说服力的。凤姐毕竟是洋气的上海大小姐，无论如何，陈小元都让她这只凤凰挺丢面子的。所以凤姐总是半开玩笑半认真地说，一棵狗尾巴草和一棵梧桐树能成为亲戚吗？

凤姐善意地提醒陈小元，人靠衣服马靠鞍，想在上海长期混下去，首先要在衣着上下功夫，因为上海人对这方面非常讲究，哪怕是扫地的阿姨和看门的保安，在穿着上都不能马马虎虎。确实是这样，陈小元刚来上海的时候，穿着皱巴巴的衬衫，套着松松垮垮的三无西服，脚上穿着一双破烂的皮鞋配着一双白袜子，连公司里的同事也会在背后指指点点。人家其实也不是歧视他，因为陈小元这身打扮，打眼一看就是刚刚从乡下来的土农民，与上海这座时尚城市和这家知名公司的气质是格格不入的。

一个周末，禁不住陈小元的央求，凤姐说，你是陕西人，我带你逛一逛陕西路。陕西路离公司不远，除一些名人故居之外，还有很多服装铺，既卖成品又量身定制，尤其有几家经营唐装和旗袍的店铺十分有名。凤姐在百盛广场里，建议陈小元买一套报喜鸟西服，再买一件衬衣和一条领带。陈小元穿在身上试了试，确实变得十分帅气，但是他穿上后脖子抻不直了，路也不会走了，别扭得像上岸的鸭子。

陈小元说，这身打扮像新郎，哪里像木匠啊！

凤姐说，你像新郎入洞房一样去面对那些木头，岂不是更好？

陈小元撇撇嘴说，等有了新娘子再说吧。

凤姐把陈小元带进巷子里的一家服装铺，又帮忙挑了一套亚麻的唐装，是对襟盘扣的——其实，这和老一辈乡下人所穿的衣服差不多，陈小元他爷爷当年是大地主，也是方圆几十里有名的木匠，日常就是这么穿的，不过多了一顶瓜皮帽子。所以陈小元是满意的，原本想选择白色的，但是觉得不耐脏，穿上不像干活的样子，最后挑了一件灰色的。

陈小元一问价钱，竟然要六百多块，于是摔门而出，说自己不配。

凤姐心想，你再不换衣服啊，恐怕就不配待在上海，更不配冒充我的乡下亲戚了。她花钱买下这套唐装，要送给陈小元，说是认下他这个乡下亲戚的见面礼。陈小元说，你认我做什么亲戚？凤姐说，认你做干儿子，快点叫干妈吧。陈小元说，干妈，我要吃奶。凤姐顺便拐进一家超市，真的买来两瓶酸奶。凤姐发现陈小元哈哈大笑起来，才明白自己上当了，生气地夺下酸奶说，你这个农民真坏，还是吃米田共去吧。

陈小元说，谁让你想占便宜啊。

凤姐说，我不当干妈当什么？

陈小元说，比如表妹，我是你乡下的表哥。

凤姐说，想得美。

陈小元说，男朋友，在我们大庙村，女孩子只给男朋友送衣服。

凤姐说，你真的是做梦。

凤姐说着，把手中的衣服一下子扔进了垃圾桶。

陈小元发现凤姐真生气了，赶紧捡起来穿在身上。陈小元穿着唐装，人一下子精神儒雅起来，凤姐正好穿着一件浅蓝色旗袍，两个人这么一打扮，再走在人群中间，真有点男女朋友的样子了。刚好经过马勒别墅，凤姐把陈小元叫进去，在这座如梦如幻的童话城堡里，用手机拍了许多照片给陈小元看。

后来，凤姐她妈追问凤姐是不是谈了男朋友的时候，凤姐说自己只是认了个亲戚而已。凤妈说，你帮帮忙，我们都是纯正的上海人，从哪里冒出个乡下的土包子亲戚？凤姐说，妈，你不要得意，几百年前上海也是农村。凤姐把那些照片拿出来，说人家差不多就是老克勒，哪里有乡下人的影子？你们不要老是看不起乡下人好不？！凤妈说，土豆就是土豆，你再翻出什么花样，也是上不了台面的。你平时都不爱吃土豆，何况这么个大活人，你如果不注意啊，以后是要吃苦头的。乡下人的本质不是靠一张皮就能够改变的，那是贴身贴肉的，是流在血管里的。你看看他的唐装里边穿着什么？

凤姐仔细一看，忽然发现陈小元袖口的地方露出一小截袖子，那是档次不高的衬衣。

凤姐解释，里边的衬衣没有顾得上换下来。凤妈说，你再看看他的裤子和鞋。凤姐又仔细一看，发现裤脚被陈小元给挽起来了，刚好露出了鞋面开裂的黑皮鞋和白袜子。凤妈说，你以后离他远一点，也不要说是你的同事，让左邻右舍知道了，多丢人现眼啊。

为了感谢凤姐的一身唐装，陈小元神神秘秘地钻进库房，利用空余时间给她打了一张梳妆台，因为凤姐曾经抱怨自己家里没有一张像样的梳妆台供自己化妆。陈小元家里原来有一张红木的梳妆台，重得几个人都搬不动，据说是哪位老太奶的嫁妆。在陈小元很小的时候，有一年家里揭不开锅了，他爸拿它换了一斗玉米，搞得他爸临死前，还遗憾地念叨了半天，说自己是败家子，对不起祖先。

陈小元对那张梳妆台印象深刻，当他照着记忆的样子打好梳妆台，并调漆上好色的时候，他感觉丢失的东西又回来了。

它是香樟木的，漆成了红褐色，台面上边安着一个椭圆形的镜子，镜框上边雕刻着二龙戏珠，台面下边有两小一大三个抽屉，左右两个抽屉上雕刻着几枝梅花，配着梳妆台的是一个三条腿的圆形凳子，凳子边沿雕刻着朵朵祥云。还有利用边角料制作出来的一把梳子，在梳子上雕刻着一只鸟，也许是凤凰，也许是仙鹤，也许是锦鸡，代表着凤姐的名字。

凤姐把这张梳妆台往回运的路上，几次被人误以为是古旧家具，拦住她要以大价钱收购，都被她给拒绝了。

面对这些礼物，凤姐的心里看似平静，其实早已起了涟漪，她万万没有想到这些精美的物件竟然出自一个土农民之手。她呆呆地坐在梳妆台前，拿起梳子开始梳头，梳完头又开始化妆，刚好穿着那身浅蓝色旗袍，等她化完妆站起来，完完全全变成了一个鹅蛋脸粉腮的民国美人。

陈小元加工梳妆台的过程非常顺当，没有一点磕磕碰碰，连选定的木材都不多不少，调制的漆也是一次到位。万万没有想到的是，几天之后凤姐告诉陈小元，梳妆台上边那块椭圆形的镜子，在半夜三更无缘无故落下来摔碎了，需要再更换一块新的。

　　陈小元当木匠的时候,像算命先生一样迷信。他本来有些沾沾自喜,觉得他俩是天作之合,是有故事要发生的。但是听到镜子破碎的消息,他心里咯噔了一下,不明白更换镜子意味着什么,到底和自己有没有关系。

　　凤姐对陈小元是什么态度,她自己一时也说不清楚,但是陈小元对凤姐的感情慢慢地发生了变化。无论是在公司里还是外出干活,没有看到凤姐他就十分担心。有一阵子凤姐请假了几天,他联想到那块破碎的镜子,像自己的魂丢了似的,显得十分慌乱不安。

　　尤其凤姐下班的时候,他找了各种借口要送凤姐回家。凤姐说,我为什么要你送?陈小元说,你是我表妹呀。凤姐说,那是你一厢情愿,而且上海治安多好,有必要吗?陈小元说,万一遇到强盗了呢?起码有我送你,你就不孤单了。凤姐说,坐公交车送我,这算什么送啊?有本事你就买一辆大奔。尽管如此,凤姐一上车,陈小元也就跟着上车,像仆人一样远远地站着,有机会就替凤姐抢座位。把凤姐送到她家楼下之后,陈小元在附近晃荡一会儿,又坐着车原路返回。

　　忽然有一天,凤姐走出公司的时候,被一辆小车堵在路边,继而小车拉着凤姐一溜烟地开走了。那辆车虽然不是奔驰,却也是奥迪,陈小元向小胡子打听价格,这辆奥迪起码得三四十万。这让陈小元立即自卑起来,说自己不吃不喝四五年,也买不起人家屁股底下的一部车。

小胡子安慰陈小元说,上海人死爱面子,有些好车都是贷款买的。陈小元说,贷款买车,不太可能吧?小胡子说,有什么不可能的,人家不叫贷款,叫按揭,也叫融资。

从此,那辆奥迪天天都来接凤姐。凤姐开始有些不情愿,但是慢慢地也就习以为常,一下班就主动钻进去了,似乎有几分炫耀地打开车窗,朝着陈小元他们摆摆手。

陈小元虽然有些郁闷,但是下班后闲着也是闲着,他照样按照原来的线路,坐十站21路公交车,跑到凤姐家小区外边的一条小河边,坐上几个小时,看着万家灯火,猜测着灯火里边到底住着什么人,正在发生着什么事情。那一扇扇窗户里边的故事,肯定是丰富多彩的,有的传出悠扬的钢琴声,有的传出嬉笑怒骂声,有的传出玻璃杯子的碎裂声,有的传出婴儿的啼哭声,有的自始至终都是黑咕隆咚的。陈小元根本无法判断哪一种生活是属于凤姐的,反正这所有的一切都是不属于自己的。

陈小元坐到半夜三更,又坐着公交车回到宿舍。

陈小元见过开奥迪的男人,他年龄似乎不小了,长得也不好看,皮肤是黄色的,眼珠子不是黑色的也不是蓝色的,似乎是灰色的,身子是圆筒状的。如果不看头和脸,根本分不出前后左右,他肥胖的胳膊上文着一个铺着红色底纹的白色的"十"字,据说是一面国旗。陈小元不认识这面国旗,所以看到这个男人的时候,感觉像看见了一辆不守交通规则的救护车。

小胡子说,人家是一个洋鬼子,名字叫乌里·希克。

陈小元说,洋鬼子怎么是黄皮肤的?

小胡子说,是出口转内销。

陈小元说,这是什么意思?小胡子说,像瑞士手表、瑞士牛排,他虽然是瑞士户口,不过父母都是福建人。陈小元说,这种洋鬼子和我们有什么差别吗?小胡子说,这差别太大了!人家是外国国籍,在上海人眼里,除了外国人,其他都是乡下人。所以外国人在上海活得很滋润,不仅工作好找,而且上海女人争着嫁给他们。陈小元说,为什么争着嫁给他们?是他们有钱,还是他们比较浪漫?

陈小元经常看到,乌里·希克接凤姐的时候手中都会捧着一束红玫瑰。

小胡子说,最重要的是,和他们结婚以后,女方跟着就成了外国人,不仅福利待遇好,生下来的孩子也是外国人,以后可以直接去国外上学。

陈小元没有打听这个乌里·希克的底细,直到很久以后才无意中了解到,他在一所外语培训学校当老师。当年凤姐准备出国留学的时候,他给凤姐补习过两个月英语,就趁机疯狂追求凤姐,但是凤姐不喜欢他,说自己如果嫁给他,不是鲜花插在牛粪上，而是鲜花插在一堆臭肉上。有一次，乌里·希克不顾凤姐的反对，竟然自己找到凤姐家，没有按照中国人的习俗带着烟酒水果，而是带着一束玫瑰献给了凤姐她妈。

凤妈高兴得不得了，捧着那束鲜花满小区跑，得意地对一群老大妈说，还是人家洋人浪漫，给我这个老太太送花呢，这可是我这辈子收到的第一束花。

凤姐都没有答应，八字还没有一撇，凤妈就改口了，张口闭口就是我这个丈母娘如何如何，我这个女婿如何如何。

凤妈开始做凤姐的思想工作，说凤姐啊，你当初多想出国留学啊，但是费了那么大力气，花了那么多钱，希望还是破灭了。你如果嫁给他的话，又有脸面又划算，你不仅可以移民瑞士，生的孩子也都是瑞士人了。

凤姐一家人都不会开车，但是凤妈不久后就拿出几十万，专门买了那辆奥迪，让乌里·希克用来接送凤姐，说是免费的司机，其实像给这个未来的女婿送了一件见面礼。

即使别人把乌里说得像个稀客，就跟神仙似的，陈小元也没有真正意识到自己这个农民与这座大都市之间的差距。直到有一天，凤姐病了，感冒发烧了，陈小元带着东西去看望她的时候，他才明白他与凤姐之间、与上海之间有一道无法逾越的鸿沟。

那天晚上下了班，陈小元买了几斤水果，想好了自己去

探望的身份和理由，坐着他再熟悉不过的公交车来到了凤姐家的楼下。

凤姐家住在虹口区一个中档社区，社区里都是一栋栋高层建筑。小区里不仅环境绿化不错，小区外还有一个公园，尤其西边有一条小河，河上有一座石拱桥，桥头开着几家风味饭馆，河边种着几排柳树，树下放着红色条椅。陈小元无数次送凤姐，都被她拦在小区中间，所以只知道她住在小区哪一片，并不知道具体住在几单元几号。

陈小元打电话，凤姐不接；发信息，凤姐也不回。陈小元无奈，只好提着水果，一个单元一个单元地跑，一家一户地找。他敲了几次门，要么把人家的孩子吵醒了，要么把人家的好事打断了，即使遭到人家的辱骂，他依然笑呵呵地说，对不起啊，我找个人。

有位大爷以为陈小元是上门推销的，干脆打电话叫来了保安。保安说，本小区不允许推销。陈小元说，我不是推销的，我是来找人的。保安说，你找谁？陈小元说，我找凤姐。保安说，你是她什么人？陈小元说，是同事。

陈小元那天把唐装洗了，换上了一件衬衣。保安上下打量了一番陈小元说，我看不像。陈小元说，为什么不像？保安说，凤姐是高级白领，你虽然穿着白衬衣，但是领子是黑的。陈小元说，黑领子又不是黑社会，我们不仅是同事，还是亲戚。保安说，你是她什么亲戚？陈小元说，我是她表哥。保安说，那就更不像了，她们家老老小小，我一清二楚，不太可能有你这样的亲戚。陈小元说，我是他们乡下的亲戚，可以吗？保安说，我从来没有听说过。陈小元说，那我告诉你吧，我们是"三合一"关系，我不仅是她的同事和亲戚，还是她的男朋友。

保安呵呵一笑说，你帮帮忙，人家的男朋友是个老外，你顶多是个外星人，我估计来自木星或者土星。

陈小元嘿嘿一笑，抓住保安的衣领说，你个保安那么多废话，再嚣张我送你去扫把星！

有居民悄悄地劝保安说，这些乡下人很粗鲁，小心他们动刀子。保安语气稍微缓和了一点说，你找人可以，先到门房去登记。登记的时候，保安要身份证，陈小元说没有带。保安要居住证，陈小元说没有办。保安说驾驶证也行，陈小元说自己还不会开车。保安说，你不是"三合一"，你是"三无"人员？陈小元说，"三无"人员又怎么样？保安说，按说是要报告公安局的。陈小元说，你怎么那么多废话，赶紧打110啊。保安说，算了，念在你是外星人，我这辈子还没有见过外星人，所以我哪怕违反一次纪律，也要把你放进去。

陈小元说，那你告诉我房号吧。保安说，我忘记问了，你找凤姐不会是行凶吧？陈小元说，你看看，哪有行凶的带着水果？保安说，这叫糖衣炮弹！

陈小元是晚上十点多来到三单元三楼301室门外的。他做了一次深呼吸，壮着胆子敲了敲门……有一位烫着爆炸头的中年妇女，估计是凤姐她妈，并没有开门，而是打开门上的一扇小窗户，露出一张脸，问陈小元，你找谁啊？

陈小元说，你是阿姨吧？我是凤姐的同事。

凤妈一听，咣当一声，把那扇小窗户关上了，说，你就是那个木头啊？

陈小元说，阿姨，我不是木头，我是木匠。听说凤姐病了，我代表大家来看看她。

凤妈说，你帮帮忙，谁是你阿姨啊？陈小元说，不叫你阿姨，那叫你什么啊？凤妈说，我有名字。陈小元说，我总不能直呼大名吧？凤妈说，你最好直呼大名。陈小元说，你大名叫什么？凤妈说，本人姓秦，叫秦琼。陈小元说，你叫秦琼？凤妈说，是啊。陈小元说，那不是门神吗？凤妈被噎住了，说，你哪里是木头，简直就是戆大！

陈小元隔着门叫了几声凤姐，凤妈更生气了，说她不在家！陈小元说，你把门开开，让我把水果送进去。凤妈说，这门是你能进的吗？陈小元又顶了一句，你还真是门神啊！凤妈又被噎了一次，她说，你果然是不懂事的乡下人！你这样吵吵闹闹，是要被邻居笑话的，请你赶紧离开，不然我要报警了。

门外突然冒出一只小狗，顶着门汪汪地叫了几声。

凤妈把门打开了一条缝,把小狗放了进去,赶紧又关上了。

陈小元想不明白,自己好心来看看凤姐,为什么却被拒之门外,还要被那么辱骂呢?如果在大庙村,哪怕是仇人上门,也会让到家里,递一条板凳的。

陈小元准备坐公交车离开的时候,收到了凤姐的信息,说是对不起,她妈看到他天天送她回家,以为他是她私自交往的男朋友。陈小元说,是男朋友又能怎么样?凤姐说,还能怎么样?她给我提的条件是,必须找个上海的,最好是找个外国的。所以你都看到了,接送我的那头肥猪,就是她给我安排的。

陈小元说,这都什么时代了,谈恋爱还要安排?凤姐说,你不懂上海的行情,别说谈恋爱,好多女孩和谁拥个抱、亲个嘴,提前都是要得到允许的,随后都是要汇报的。

陈小元以为这纯粹是凤姐开的一个玩笑。之后,当陈小元把它当成笑话讲出来的时候,小胡子认真地说,你不要以为上海什么都很前卫,在男女关系上,上海人不仅非常势利,还非常保守,和封建社会差不多。我好多年前认识一个女人,每次想亲热一下的时候,她都会一把把我推开,要先发条信息给她妈,请求她妈批准。陈小元说,那不过是人家的借口。小胡子说,也许吧。不过,有一次没有及时收到她妈的信息,那女人十分慌张,我说不用害怕,应该是默许了。谁知道刚刚得手一半,那女人的电话突然响起来了。

陈小元说,然后呢?

小胡子说,然后就像坐公交车一样。

陈小元说,什么意思?

小胡子说,你半只脚都挤上车了,那车却突然开走了。

那天晚上,陈小元正气愤呢,他等了半天的那辆十二点的末班车,在车站蜻蜓点水似的停了一下之后,径直从他面前开过去了。

7

腊月十八,吃过早饭,凤妹带着一把小镢头出门了。

大庙村药材丰富,天麻、茯苓和猪苓比较稀罕,柴胡、苍术、半夏和天冬比较多,金银花、五味子、连翘几乎是满山遍野。这些药材,从春天一直可以采到秋天,凤妹每天下午一放学,或者是周末放假的时候,就钻进山里采药。她把一部分药材拿去卖,不仅用来补贴家里的生活,还想积攒一点路费,等待机会去上海找她妈,把另一部分药材熬给她爸喝,希望能够治好她爸的病。后来,陈小元的风湿性关节炎越来越重,常常卧床不起,不仅家里的油盐酱醋米面茶需要钱,而且他喝酒也越来越多。这些花销除了政府救济,基本要靠凤妹。所以,陈小元说是浪费,就不再喝药了,让凤妹把采回来的药材,不管三七二十一,统统都卖掉了。即使如此,凤妹也没有攒下一分钱,反而在外边欠了一堆酒账。

凤妹必须去试一试。她爬上门前的小山包,但是积雪实在太厚了,把药材全部覆盖起来了,而且冻层比较深,挖起来十分吃力……汗水、雪水很快把她的衣服打湿了,风一吹就冻得她瑟瑟发抖。她找到一块向阳的地方勉强挖了二十来株苍术,太阳就又偏西了。

下山之前,她坐在山坡上,抬头望着太阳带着万丈光芒慢慢地落入连绵的大山,又低头望着寂静荒凉的大庙村,她幼小的心灵是迷茫的。

突然,凤妹看到两只动物,浑身雪白雪白的,像两个雪球在前边不远的树林子里缓缓地滚动着。它们和羊一样大小,和羊一样温驯可爱,和羊一样自由自在,和羊一样无忧无虑,但是它们不可能是羊,因为大庙村已经没有人放羊了。

它们难道真的是雪球,或者是从童话世界里专门跑出来安慰自己的精灵?凤妹这样一想,心情莫名其妙地轻松起来。在下山的路上,它们一直在她心里打滚,逗得她心里奇痒无比,使她不由自主地笑出声来。

凤妹下山回到家,天就彻底黑了,整个家被夜色填满,显得更加没有生机,只有她爸躺在里边,像做着噩梦一样,不时地发出绝望的呼叫。

凤妹打开灯,发现她爸已经喝醉了,痛苦并没有消失,只是麻木了而已,床下边扔着一个酒瓶子,是空的。

凤妹轻轻叫了几声"爸",但是陈小元还是醒不过来,仍在吵着要"酒"——凤妹恍惚中发现,下午的那两只小动物像两个雪球一样,从幽蓝的空瓶子里冒了出来,在房间里兜着圈子,东看看西瞅瞅,然后欢快地跳上床,蹭了蹭她爸扭曲的脸,伸出舌头舔了舔她爸的嘴唇。那两只小动物像被打开的瓶子,酒汩汩地倒了出来,让她爸痛快地喝着……

凤妹想,她要是有杆枪就好了。

半夜的时候,凤妹发现她爸清醒了一些,于是试探着问,我们家里的那杆枪呢?陈小元说,你要枪干什么?凤妹说,打猎呀。陈小元说,谁打猎?凤妹说,还有谁,我呀。陈小元说,大雪天倒是打猎的好时间,但是现在恐怕没有猎物了吧?凤妹说,我也以为没有猎物了,但是我下午看到了两只,雪白雪白的。陈小元说,在哪里?凤妹说,在山背后。陈小元说,你下午上山干什么?凤妹说,想挖药,但是都被冻住了。陈小元说,是不是和羊一样大?凤妹说,是的,有一只小,有一只大。陈小元说,那是野羊,小的那只是羊羔。凤妹说,大的那只就是羊妈妈?

陈小元说,也许吧。

陈小元说,那杆枪我藏在楼上,政府部门有几次上门收缴,我都没有交出去,谁知道现在派上用场了,如果能打两只野羊回来,可以好好吃几顿了。凤妹咳嗽着说,哪里舍得吃啊?小卖部的老席嘴馋,我们得拿它们和老席换酒喝。陈小元说,你下午应该受凉了,野羊肉是暖性的,吃了可以治感冒。

凤妹上楼把那杆枪拿下来。那是一杆鸟枪,比凤妹还要高,是拿鸡毛当引信的。陈小元勉强坐起来,吩咐凤妹从床下边翻出几包黑火药和几把滚珠,开始教凤妹如何擦枪,如何装弹药和鸡毛信子,又如何瞄准开枪。凤妹很激动,说我马上去试试,不然遇到了猎物,到时候打不响那就完蛋了。陈小元说,如果遇到野猪,你打不死它,它就会反身要了你的命,所以还是叫上老席吧。

凤妹端着枪,跑到院子里,对着大柏树瞄了瞄,对着北斗星瞄了瞄,又对着白云瞄了瞄。天上的北斗星真亮,那几片白云真白,把整个大庙村打扮得像是戴着凤冠、系着围巾的少女一样。

凤妹想到了她妈,她妈来大庙村的时候,留下一顶帽子和一条围巾,帽子上就有一颗闪亮的珠子,围巾就是白色丝绸的。于是,凤妹把枪架在晾衣杆上,掉转枪口对着东边的群山,闭着眼睛、壮着胆子扣动了扳机。

只听到砰的一声,枪响了。

好久没有听到这么激动人心的痛快的声音了。

凤妹像一枪把群山这头怪兽打倒了似的,不仅可以看到遥远的上海,还看到酒像泉水一样朝着她爸涌来。

第二天早上,凤妹就背着枪上山去了。

天气和昨天一样,还是那么晴朗,天空还是那么蓝,白云还是那么白。

陈小元说,你还没有枪高呢,别去了吧。凤妹说,爸你别担心。陈小元说,你叫几个人和你一起。凤妹说,爸你放心。陈小元说,你小心点。凤妹说,爸你烦不烦。陈小元说,遇到野猪,你赶紧跑。凤妹说,我会跑的。陈小元说,万一来不及跑,你就上树。凤妹说,我知道了。

陈小元又开始疼了,他一边捶打着双腿一边叹气。

凤妹看上去很平静,其实心里也十分害怕,感觉自己肩膀上扛着的不是枪而是一条蛇。她害怕它趁自己不注意回头咬自己一口,她害怕它突然走火打中上山拾柴的人,她害怕在关键的时候打不响枪,她还害怕没有遇到那两只野羊,而是遇到一群野猪,或者几只狼。虽然这些动物已经十分稀少,但是它们并没有灭绝,只是躲起来了而已。万一它们知道她的恶意,跑出来报复她怎么办?

凤妹艰难地爬上了那个山包,找到一片茂密的树林子停下来。平时挖药、拾柴的时候,经常来这片树林子,但是她从来没有认真地打量过这面山坡,现在才发现,橡树那么沧桑,白桦树那么青春,松树那么高傲,似乎像他们一家三口,它们在一起,组成一幅美丽的山水画。她的一位老师就会画画,经常在周末背着画夹,坐在山上一画就是大半天。其中有一幅挂在老师的房间里,名字叫《白桦林》,在画里,正值秋天,阳光温暖,金黄的叶子一半铺在地上一半挂在树上,有一个穿红衣服的少女蹲在白桦林中间采药。啊,自己也有一件红衣服,那是她妈寄回来的,她经常穿着它在这里采药,难道老师画的就是这里?画里的红衣少女就是她?

凤妹突然意识到,自己原来就生活在画中,并没有想象得那么可怜,反而有一些幸福和幸运。她想,她爸虽然生病了,但是他还在她的身边;她妈虽然失去了音信,但是她还在这个世上。不像大庙村原来的一个哑巴,他爸他妈都不在了,他一个人孤苦伶仃地生活,打雷下雨的晚上不敢睡觉,只能睁着眼睛哭到天亮,有一次实在太饿,吃了一种野果子中了毒。凤妹遇到他的时候,他躺在野草中,嘴角流着血,不过已经死了,但是他脸上带着微笑,似乎还在说,真甜啊……

凤妹静静地盯着前边那块空旷的雪地。在树林子里,开始出现了一群叽叽喳喳的麻雀,跳跃着,像一群无忧无虑的精灵。后来出现了两只松鼠,从一棵树爬上另一棵树,身体被太阳一照,油光发亮得像是精心梳妆了一番。最后出现了两只锦鸡,它们的羽毛是那么华丽,似乎凭着一根羽毛就可以带着她飞进梦中。它们拖着长长的尾巴,像公主拖着长长的裙子,在雪地上优雅地走动,在啄食那些雪块——雪块不是它们的食物,而是它们的游戏。

过去,她也见过这些动物,甚至见过更多,但是第一次感觉自己和它们是一伙的,都生活在大庙村这个大家族里,所以她并不孤单。

似乎半个小时过去了,一个小时过去了,她的脚已经麻木了,眼睛已经昏花了,直到太阳升上了山顶,才听到咯吱咯吱的脚步声由远及近地传来。她的心怦怦地跳着,几乎要蹦出来了。她一半是激动,一半是担心。她激动的是出现了猎物,担心的是会出现凶狠的猎物。

但是,一分钟、两分钟、三分钟,有两个雪球,一前一后,一大一小,一只羊妈妈、一只小羊羔,从山背后慢慢地滚过来。

她可以判断还是昨天的它们。它们在雪地上雪白雪白地出现了。它们一起朝前走,羊妈妈走远了就停下来,回过头等着小羊羔,小羊羔就咩咩地跟上去,贴着身子相互蹭几下。它们一边走一边张嘴拉下一些树枝啃着,或者低头拱出一些橡子咯嘣咯嘣地吃着。羊妈妈如果发现什么好东西,就摆摆头,招呼小羊羔赶紧过去;小羊羔吃到什么好东西,就高兴地咩咩几声。它们缓缓地穿过那块空地,像在前往天堂的途中。

中间，它们遇到一段斜坡，羊妈妈似乎栽倒了，小羊羔并不吃惊，模仿着翻了一个跟斗。

它们忽然爬起来，一起朝前奔跑，向树林子深处冲去……

它们也许早就发现了危险，那一系列举动只是它们的脱逃计划。

她回过神，想起了她的枪。她把枪架在一棵白桦树上，像架起一台摄影机，尽量平稳地端着瞄准，随着它们移动再移动，朝前再朝前。她一直在等待着什么，似乎是没有足够的把握开枪，或者没有足够的勇气开枪。她一会儿想到的是她爸，一会儿想到的是她妈，似乎眼前出现的并不是两只猎物，而是她和她妈，或者是她和她爸。

如果自己一开枪，打死其中一只，另一只怎么办？

如果把两只全部打死了，她以后就见不到它们了。

这么想了想，她不但有一些犹豫，还有许多忧伤。

她似乎意识到了什么，从衣领里掏出木观音，捧在手心，闭着眼睛，默默地祈祷了一会儿。她不是祈祷自己能够打中这两只动物，也不是祈祷自己打不中这两只动物，她只是祈祷这两只动物能一直这样无忧无虑，或者自己下辈子也变成无忧无虑的动物。

她睁开眼睛，颤抖着手，把扳机扣动了。

后坐力真的好大，把她一下子掀翻在地，而她并没有打中猎物。那两只猎物早就隐没在白桦林中,和积雪融为一体,关键是她瞄准的本来就不是它们,而是面前的那片天空,是天空中的一朵白云。她心想,那朵白云被打一枪,会不会伤心呢?有没有伤口呢?会不会死呢?也许,雪花就是被打死的白云,雨水也是被打死的白云。

但是白云为什么不能卖钱呢?雪花为什么不能卖钱呢?雨水为什么不能卖钱呢?白云、雪花和雨水为什么不能像饭一样让人吃饱呢?为什么不能像灵药一样有效呢?为什么不能像酒一样让人喝醉呢?为什么不可以换酒回家呢?是因为它们没有肉吗?是因为它们没有血吗?是因为它们不痛吗?

如果它们都能当酒喝或者当药吃,那应该多好啊。

她从地上抓起一把雪,放在嘴里尝了尝。

这雪真白,但是变成水之后,除了冰冷之外,再也感觉不到任何味道,似乎还感受到了一些黑暗。

她在山上又静静地坐了半天,毕竟自己小小年纪就会打枪,还朝着对面的猎物开过一枪,所以她还是挺欣慰的。直到太阳偏西的时候,她才扛着枪下山了。

小卖部的老席笑眯眯地坐在门口,一边哼着小曲一边嗑着瓜子。他看到凤妹的时候,便叫住凤妹问,今天腊月十几了?凤妹说,我不记得了。老席说,你这丫头,装什么糊涂呀。凤妹说,应该是正月吧?老席说,我告诉你,现在是腊月,腊月十九,说好的年前还钱,你不要忘记了。凤妹说,还什么钱？老席说，赊账的钱啊，你要耍赖吗？凤妹说，我赊过账吗？老席说，你替你爸赊的。凤妹说，那你问我爸要去。老席说，父债子还，你懂吧？凤妹说，我不是儿子。老席说，只要是你爸的孩子都一样。凤妹说，谁是我爸呀？老席说，你不会也喝醉了吧？

凤妹笑着说，伯伯你放心，欠你的钱不会少的。老席说，那什么时候还？凤妹说，等我长大了就还。老席说，你已经长大了。凤妹说，我才十四岁，十四岁还是孩子，伯伯你十四岁在干什么？

老席被逗笑了。他看了看旁边两位白发苍苍的老人在安详地晒着太阳，那是他从没有离开过的年迈的双亲，都快八十岁了。他十四岁的时候，与小伙伴一起放牛割草，下河摸鱼，爬树捉鸟，上山打猎，玩得多开心啊，但是如今的社会不知道怎么了，凤妹这么小的孩子就有这么大的负担。

老席看到凤妹的肩膀上扛着一杆枪，问你扛的是什么？凤妹说，是棍子。老席说，你扛着棍子干什么？凤妹说，我怕你要账啊。老席说，是枪，你以为我不认识枪呀！我十四岁的时候就会打猎，当年就打过一头野猪。

凤妹心想，猪一生下来就注定是被杀的，野猪就更不用说了，如果遇到一头野猪的话，她也许就不会犹豫了。

凤妹说，我们大庙村有野猪吗？老席说，当年野猪成群结队地糟蹋庄稼，政府部门专门发枪下来打野猪，但是现在

止痛药　65

好像看不到了。不过现在有锦鸡，可以上山打锦鸡，你把枪借给我或者卖给我行吗？

凤妹有些失望，说锦鸡多漂亮，怎么可以对它开枪呢？老席说，那我保证不打锦鸡。凤妹说，那你打什么？老席说，我去打野猪。凤妹说，你刚才说没有野猪。老席说，那是它们躲起来了，我也可以打天空。凤妹说，天空那么蓝，被你打烂了怎么办？

老席说，你这丫头，我什么猎物也不打，和你一样当棍子扛着玩，总可以吧？凤妹说，那你到山上砍一根棍子多好。老席说，你不借给我，那就卖给我，不然你就还钱。凤妹说，这杆枪是老先人留下来的，不能卖。老席说，老先人都死了。凤妹说，我爸舍不得。老席说，你爸都病成什么样了，他巴不得把枪卖掉，换酒喝。而且他私藏枪支是违法的，你不卖给我，我明天就去报案，让派出所的人把你们抓起来。凤妹说，你买去，就不违法了吗？老席说，我也是违法的，不过我的亲戚在派出所当所长。

他的外甥确实是派出所所长。凤妹不是不想卖枪，而是想多卖一点钱。原以为拿这杆枪上山，砰地放上一枪就可以给她爸换酒，但是看到那些动物那么可爱，她觉得它们就是她自己，起码是她的伙伴，她并不忍心。

凤妹说，伯伯你说怎么买吧？老席说，我给你两百块钱。凤妹说，我不要钱。老席说，你嫌少？那就三百块。凤妹说，我还是不想卖。老席说，五百块怎么样？

凤妹端起枪，朝着天上的一片白云瞄了瞄，并不吱声。

老席说，光谈钱，枪打得响吗？凤妹说，怎么打不响？我刚刚放了一枪。老席说，我下午听到的枪声就是你打的？凤妹说，当然了。老席说，你看到猎物了？

凤妹不想把野羊的事情告诉他，于是笑着说，没有，山上那么冷，连麻雀都没有。老席说，那你开枪干什么？凤妹说，我打云，把天上的云都打散了。老席说，你这难缠的丫头，哪里是十四岁啊，分明是四十岁，比我这个老头子还精明。我今天就豁出去了，给你把前边的欠款一笔勾销行吗？凤妹说，除非你再给我十瓶酒。

老席说，你做梦吧。凤妹说，伯伯你是大人，你不能欺负我们小孩子，这杆枪恐怕都是文物，说不定价值连城呢。

老席心想，不管是不是文物，起码这是一杆好枪。当年的那头野猪两百多斤，就是凤妹她爷爷拿着这杆枪，带着他一起打下来的，后来还用它打过不少猎物，有野猪，有野羊，有锦鸡，有果子狸。他当年非常想买下这杆枪，但是凤妹她爷爷死活不愿意，即使有一年闹饥荒，他想拿两升苞米去换，也被拒绝了。再后来政府对枪支管制很严，他以为这杆枪被收缴了，没有想到竟然被凤妹她爸给藏起来了。如今没有什么猎物了，打猎和私藏枪支又是违法的，买这杆枪的意义已经不大了。他嘴上十分计较欠账的事，其实心里十分可怜凤妹,想趁机帮凤妹一把。

老席说,十瓶酒肯定是不行的,不说吃亏不吃亏,关键我这里只有三瓶酒了,你如果愿意我们就成交,不愿意拉倒。

最后,老席不仅把旧账一笔勾销,还给了凤妹三瓶太白酒,另外又加了一百块钱。

这杆枪不知道什么原因,落到老席手里之后,无论他怎么摆弄,再也打不响了,真正成了一根棍子。老席口口声声说是凤妹捣的鬼,怕他拿枪打死什么,尤其怕他打死锦鸡,因为她妈长得像锦鸡。

8

转眼间到了年末,陈小元到上海已经大半年了。时间是最厉害的化妆师,对于陈小元来说,虽然没有脱胎换骨,但起码是改头换面了。他专门买了几套亚麻的唐装当成自己的工作服,衣服并不贵,干活时方便利索,还可以吸汗,也和他的木匠身份十分匹配。除此之外,他还配备了一套西服、两件衬衣,还有几条领带,既不是什么大品牌,也不是什么地摊货。因为他个子矮,起码比凤凰一样的凤姐矮,所以他在公司不远的专卖店里买了一双田宇牌皮鞋,是内增高的,穿在脚上立即增高六七公分,而且根本看不出来。凤姐眼睛是看着天空的,并没有感觉到陈小元的变化,但是小胡子眼尖,说陈小元似乎还在发育,比刚来的时候长高了不少。

陈小元每天干完活,下班都会洗个澡,干干净净地穿上衬衣,套上西服,打上领带,换上田宇,出门天太冷的话,光头上扣一顶瓜皮帽子,外边再披一件黑呢子大衣,把自己打扮得和城里人一模一样。尤其在鼻子下边留着一撮浓密的胡子,像一个小日本似的,经常有人见他就说"米西米西"和"沙扬娜拉"。按照小胡子的话说,他这个陕西的土包子变成了人家上海的生煎馒头。

第一个春节,陈小元选择留在上海,因为他爸妈已经去世,事实上他就是个孤儿。回家对他来说意义不大,在上海还有新鲜感,起码还有一个凤姐。

春节期间,公司放假了,就他一个人待在公司,倒也自由自在。大年三十那天,他早早地起床去了库房,想再打一把梳子当成春节礼物送给凤姐。这次他用的是檀香木,是花大价钱从古玩市场淘来的。在这把梳子上,他没有雕刻凤凰,而是雕刻了一枝梅花,有红梅报春之意。他打完梳子,用砂纸反复打磨,又反复打上蜡,放在手心搓了几个小时,最后就油光发亮了。他把梳子放在鼻子下闻了闻,心想,凤姐用它梳头,天长日久,那金丝似的头发肯定会像一炷檀香点燃了一样,散发出一缕缕奇妙的味道。他去了一趟静安寺,在那里干活的时候结识了一位法师,让法师给梳子开了光，又顺便在佛前烧了几炷香，算是祭拜了他爸妈的在天之灵。

天还没有黑，陈小元坐上公交车，去了凤姐家外边的小河边。那里有一座石拱桥，桥头有家饭馆叫徐记小厨，他坐下来要了半斤白菜猪肉水饺、一盘子花生米、一盘子土豆丝，还有二两白酒，算是他的年夜饭。

他吃完饭，就坐在小河边看万家灯火，家家户户都在收看春节联欢晚会，烟花灿烂地照耀着天空，处处都是欢声笑语，不时地传来碰杯声，也有杯子落在地上的碎裂声。大街小巷从没有如此清静，路上行人稀稀落落的，公交车仍然在运行，不过并没有几个乘客，上海似乎一下子成了他一个人的上海。

他数了数面前的窗户，上下共有十八层，左右共有六排，大部分窗户是亮着的。过年的时候，亮着灯并不代表就一定有人，不少窗户里边是安静的。他给凤姐发了一条信息，说我看到你了。

凤姐两个小时之后回了一条信息，说你在哪里？陈小元说，在你家里。凤姐说，你要是吃了熊心豹子胆的话，就来我们家吧。陈小元说，难道你妈同意了？凤姐说，同意什么？陈小元说，同意上门呀。凤姐说，让她同意你，除非三百年以后。陈小元说，什么意思？凤姐说，重新托生。陈小元说，那还是免了，除非托生成一条狗，不然和上次一样，我连门都进不去。凤姐说，我妈特别崇洋媚外，你不用当狗，冒充日本人就行。陈小元说，咱不当汉奸，何况她认识我。你方便的话可以出来，我们去豫园看灯。凤姐说，这肯定不行，不光是我妈，还有其他人呢。陈小元说，是不是还有乌里什么希克？凤姐说，是啊，他像口香糖一样，死皮赖脸地黏着我，甩都甩不掉啊。

陈小元一直守到十一点多，在新年的钟声即将敲响之前，才进了小区，爬上了楼，把自己精心准备的礼物悄悄地挂在凤姐家的大门上。

自从在凤姐家门口吃了一次闭门羹后，陈小元的头脑稍微清醒了一些，明白自己的木匠手艺即使是祖传的，打出来的东西稀奇得可以假冒明清时期的红木家具，却怎么也摆脱不了乡下人的身份。因为身份在出生之前就已经注定，是容不得自己更改的。

陈小元在表面上与凤姐保持着一定的距离，在心里对凤姐还是一片痴情，每天下班之后照样坐着公交车，来到小区外边的小河边坐上半天。与以往不同的是，如今他知道哪一扇窗户是属于凤姐的，所以不太留意其他人家，而是静静地看着凤姐家的情况。可惜凤姐从来不在窗口现身，反而是凤妈经常跑到阳台，一会儿搭搭衣服，一会儿浇浇花。虽然离得太远看不清，但是凤姐告诉过他，按照凤妈的意思，养花也得门当户对，所以凤妈浇着的是几盆兰花。兰花娇气难养，但是高雅脱俗，哪怕常常被养死，凤妈也照样心甘情愿。凤妈说，滴水观音或者绿萝好养是好养，但是被人看见了多丢人呀。

那已经是春节过后了，陈小元坐在河边发呆的时候，远远地看见凤姐和乌里·希克出现了。乌里·希克仍然手捧鲜花跟在后边。他一会儿要拉手，被凤姐打开了，一会儿要拥抱，被凤姐躲开了。陈小元挺高兴的，说明她还没有接受他，她和他建立的恋爱关系，仍然是被凤妈强制的。凤姐告诉陈小元，凤妈经常把乌里·希克留在家里过夜，而且把他们死死地反锁在她的房间里，意思是想让他们把生米做成熟饭。

陈小元问，你同意了吗？凤姐说，同意什么？陈小元说，同意那个呀。凤姐说，那个是什么？陈小元说，男女之间还有什么？凤姐说，你这个农民真可恶！你以为我是什么呀？陈小元说，不然，整个晚上你们在房间干什么？凤姐说，他在唱歌，我在睡觉。陈小元说，他唱的是催眠曲吗？凤姐说，你傻呀，他那是猫叫春。陈小元说，你不怕自己睡着了，他对你下手？凤姐说，他想得美，我又不在床上睡觉，我坐在窗台上睡觉。陈小元说，你坐着也能睡觉？凤姐说，长颈鹿还站着睡觉呢。陈小元说，你为什么要睡在窗台上？凤姐说，为了方便，他如果图谋不轨，我就跳楼。

有一次，凤姐来上班的时候，眼睛红通通的，肿得像桃子。当时华表公司在静安寺的第一期工程已全部完工，赶上安远路上的玉佛寺对天王殿和大雄宝殿进行平移修缮，又在旁边新盖了一座玉佛楼和几座江南风格的佛殿，于是接到玉佛寺的一单业务，是给部分工程装修。

那天早晨，陈小元正在库房里为文殊菩萨前边的香案到底应该雕刻什么花而左右为难的时候，凤姐冲进来，立即把房门反手一关，一头扑进陈小元的怀里大哭起来。

陈小元木木地让凤姐抱着，像一块磁铁遇到了一颗烧红的铁钉，想扔掉吧，却被吸住了，想抱住吧，却又烫手。

陈小元心慌地问，你是不是一夜未睡？凤姐已经不像凤凰了，而像一只受伤的小麻雀，点点头又摇摇头。陈小元问，你其实不是长颈鹿，坐着睡不着对吗？凤姐说，不是睡不着，是有人不让我睡。陈小元问，房门是不是又被你妈反锁起来了？凤姐说，是啊，你说说，我会不会不是她亲生的？陈小元问，洋鬼子是不是又叫春了？凤姐说，叫了整整一夜。陈小元说，终于把你给催眠了？凤姐说，不是把我催眠了，而是把我彻底摧毁了。

陈小元说，你为什么没有继续坐在窗台上？

凤姐说，我是坐在窗台上啊。

陈小元说，那你为什么不跳楼？

凤姐家住在三楼，看上去不高，跳下去应该没有生命危险。

凤姐抹了一把眼泪，推开陈小元说，你让我跳楼？陈小元说，是啊，你自己说过，关键时候就跳楼，而且你家不是住在三楼吗？凤姐说，别说三楼，就是三十楼，我也想跳下去，你以为我是傻瓜，关键时候不知道跳楼啊？当我想跳楼的时候，你知道我发现什么了吗？陈小元说，发现你们家确实不在三楼。凤姐说，在三楼啊。陈小元说，发现窗子外边有一条小河？凤姐说，是一条马路，马路外边才是小河，即使是小河，我会游泳，也不怕。陈小元说，发现马路上有一个坑？凤姐说，如果有一个坑就好了，跳进去直接用土埋起来算了，但是我妈太绝了，竟然请人把窗子封起来了，外边加了一层防护网，说是防小偷。

后来，陈小元见识了什么是三楼，也见识了那道防护网。它是由几排细钢筋组成的，像监狱里的不牢靠的铁窗。

陈小元说，你爸爸呢？你怎么从来不提你爸爸，你是不是没有爸爸呀？凤姐说，你才没有爸爸呢！我爸爸一米八几的个子，人家都说他长得像周润发，其实是周润发长得像他，而且我爸上得了厅堂下得了厨房，我们家里的晚饭都是他烧的。陈小元说，你爸爸烧饭，你妈干什么？凤姐说，我妈呀，坐在沙发上，嗑瓜子，看电视，就这样还挑三拣四，说这道菜太咸了，那道菜太淡了。

陈小元说，你妈的日子真好过。凤姐说，其实，让我嫁个上海男人也马马虎虎，但如今非得逼着我嫁给乌里·希克，乌里·希克也喜欢烧饭，但是哪里是给人吃的，我看和猪食差不多。陈小元说，你又没有喂过猪。凤姐说，我没有喂过猪，难道我没有吃过西餐吗？

陈小元说，你的婚姻大事，难道你爸爸不管？凤姐说，想管，他敢管吗？我妈说一加一等于几？我爸就含情脉脉地看着我妈不说话。我妈说一加一等于二对不对？我爸赶紧说原来等于二啊，我数学一直不好，都没有算出来。我妈说你真没有脑子，明明等于三知道不？我爸会说，绝对等于三，还是老婆你聪明啊。

陈小元说，真同情你爸。

凤姐说，我也同情我爸，应该同情所有上海男人，他们在上海老婆面前，地位和仆人差不多，甚至连仆人的反抗精神都没有。在我和乌里·希克的事情上，我爸开始说婚姻大事，最好让我自己做主，但是被我妈一顿臭骂后，他就采取"三不"政策，不吱声、不掺和、不反对，对乌里·希克也是一样，不欢迎、不拒绝、不厌烦。如果我妈问起来，他就一句话，听你们的。

凤姐哭过一次之后，也就接受了那桩婚姻，开始张罗着要和乌里·希克结婚，那阵子她没有什么不开心的，也没有什么开心的，似乎十分平淡地开始了那场恋爱。每天下班后接过乌里·希克手中的玫瑰花，在钻进奥迪之前会把玫瑰花放在鼻子底下闻一闻，似乎接她的不是人，而是玫瑰花。

婚礼初步确定在元旦期间，酒店是位于陆家嘴的国际会议中心。陈小元听到消息的时候，顺便去了一次国际会议中心，发现有两个巨大的玻璃球像蓝色的地球仪安放在黄浦江东畔，对面是腰带似的镶满珠宝的外滩，旁边是大锥子似的东方明珠，联合国秘书长和好多国家元首都在里边开过会、吃过饭。

陈小元进入大厅咨询保安，问在这里置办酒席需要多少钱。保安上下打量了他一番，看他西装革履，留着一撮小胡子，但是气势和风度又不像有钱的大老板。有实力在这里订宴席的大老板，大多数说话都不可一世，眼睛是不会直视的，而是上下左右斜着看，像一把刀子在剜肉，似乎他们来不是订位子的，而是来接管整栋大楼的物业的。

保安一时无法判断陈小元的身份，就问他是不是要在这里结婚？陈小元说，是结婚。保安说，是你结婚吗？陈小元说，不是，是帮亲戚问的。

保安发现被自己猜中了，于是呵呵一笑，说大概想订什么时间？陈小元说，想订元旦。保安说，据我了解的情况，别说是元旦了，国庆的位子都已经订空了。陈小元说，那你知道价钱吗？保安说，不包括服务费和酒水，是八千八百块。陈小元说，八千八百块包括多少席？保安说，多少席？你想要多少席？陈小元说，我估计应该有十桌子吧。

保安又呵呵一笑，说你自己算呀，八千八百块乘以十是多少？陈小元以为自己听错了，问乘以十是什么意思？保安说，我也不知道是什么意思，还是叫工作人员来，你和他们具体谈吧。

陈小元不是算不清楚，而是被吓住了，也可以说是更加自卑了。他和凤姐一起上高档点的酒店吃顿饭，不管是谁付账，自己还要哆嗦一下，更别说花费十万元摆十桌子豪门婚宴了。

陈小元第一次觉得凤姐她妈似乎是有些道理的，嫁给外国人不仅仅有鲜花，不仅仅有面子，还有实实在在的好处，或者说外国人是有价值的。像送给乌里·希克一辆奥迪一样，即使这场婚宴最终是凤姐他们家大包大揽的，这桩婚姻哪怕是贴本的，也得有让人家贴本的资格。而现实是，别说凤妈了，就是旁观者，从外在的条件看，他陈小元恐怕也是不配的。

陈小元不敢在金碧辉煌的大厅过多停留，感觉自己像一个混进来的小偷似的，是那么忐忑不安。

有一对新人正在迎宾，新娘穿着拖地的白色婚纱，手中捧着一束玫瑰，新郎穿着一身黑色礼服，头发梳得油光锃亮，脖子上系着的不是领带，而是红色领结，像一只红色的蝴蝶……

陈小元想象了一下，如果是自己和凤姐结婚，此时此刻，他穿着这身衣服站在这里的话，是多么不协调，是多么心虚,是会浑身发抖的。别说当新郎官,当众求婚,交换戒指,说我爱你,他恐怕连当一名端盘子的服务生的信心都没有了。

从此,陈小元像丢了魂,很少和人搭话,遇到工程的时候,便默默地干活,完全按照凤姐的设计,不再有什么新的发挥。他更像白骨精当头遭到一棒,被打回了原形,不再穿唐装了,不再换西服领带了,两三周都不洗澡了,光头也很少剃了,那撮小胡子也不修了,像茅草一样乱蓬蓬的。而且无论上班还是下班,他都穿着一件皱巴巴的衬衣,裤腿像从前一样挽到膝盖,走在人群中又格格不入了,明显就是种庄稼的土农民一个。尤其那双田字牌内增高皮鞋,被他扔在了宿舍的床下边。

小胡子说,你怎么回事?最近缩水了。陈小元直接告诉小胡子,自己一会儿高一会儿矮,都是那双皮鞋在作怪。小胡子说,又不是灰姑娘的水晶鞋,有那么神奇吗?陈小元就把田宇鞋提出来送给小胡子。小胡子一穿,果然威武了许多,也就喜欢上了内增高。

每次看到凤姐,陈小元觉得凤姐的头仰得更高了,不仅仅是呈四十五度看着天空的凤凰,简直都成了垂直向上的随时开火的高射炮,让陈小元连仰视的信心都没有了。所以每次一遇到凤姐,他就沮丧地低下了头。

四月二十二日是世界地球日,那天公司组织了一次环保骑行活动，骑行的目的地是青浦区的淀山湖。上海说是有海有江有河，不过基本是浑黄的，只有淀山湖才算真正的江南，微波细浪，绿水如蓝，鹭鸟翩翩。骑行活动从公司出发，边走边象征性地捡一捡垃圾，倡导一下低碳生活，然后抵达淀山湖，在湖畔住上一夜，吃吃饭，喝喝酒，唱唱歌，玩玩游戏。说白了，其实就是一次春游。

总共六十公里，只有很少一部分人真正地骑完了全程，大部分人还没有出城就搭车走了。

陈小元感觉沿途的风景不错，刚刚出城没有多远就遇到大片大片的农田。有一小部分农田被圈起来，搭着塔吊和脚手架，正在建设楼房。剩下一大部分农田，有一半是荒芜着的，里边长满了茂密的野草，夹杂着五颜六色的野花；有一半是种着蔬菜的，显得十分懒散，根本看不到耕种的人。

陈小元是可以区分野草的，这里的除了叶片宽大之外，和大庙村没有什么差别，都是绿油油的，都是无名的。但是他对蔬菜认识不多，没有熟悉的麦子、玉米和土豆。如果在大庙村，此时的农田里，应该是麦子套种着玉米，或者玉米套种着土豆，旁边的篱笆上绕着南瓜秧子，会有不少小媳妇大姑娘拿着小板凳，坐在生机勃勃的地里拔草。

陈小元穿过农田，看到这些野草和庄稼，仿佛回到了大庙村，遇到了久违的亲人。在大庙村，他虽然没有亲人了，但是除非农闲的时候当木匠，平时相伴的野草和庄稼就是他的亲人，让他在播种、拔草和收获的过程中，并不觉得有什么孤单。如今来到上海，似乎人多了，热闹了，繁华了，可以继续当木匠了，他却越来越孤单了。也许孤单不是与亲人有关系的，而是与距离有关系的，对他而言，换一种说法，是与上海有关系的，具体一点是与凤姐有关系的。大庙村与上海，距离是一千三百公里，孤单就是一千三百公里；他与凤姐，距离是十万八千里，孤单就是十万八千里。有了孤单就有了思念和乡愁，这让他十分想家。

四月份的风，不冷不热地吹着，阳光也是一片明媚，这是上海转瞬即逝的春天，让陈小元好久没有感到如此爽快了。他把自行车一拐，离开了沪青平公路，骑上了田野中的一条小径——当陈小元想到凤姐的时候，没承想凤姐就站在那条小径的另一头，采了一大把野花。

凤姐穿着一条紫色连衣裙，像一只蝴蝶张开翅膀一样，伸手拦在了小径的中间。

陈小元下了自行车说，你跑这里来干什么？凤姐说，我在拾垃圾。陈小元说，你拾的垃圾在哪里？凤姐说，你眼睛睁大一点，我手上是什么？陈小元说，你手上是花。凤姐说，是什么花？陈小元说，我不认识。

陈小元确实不认识这些野花，他认识连翘花、桃花、梨花、杏花、樱桃花、南瓜花，这些花都是要结果子的；不结果子的花，他认识金银花和百合花，这些花都是有用的，可以当成药材。

凤姐说，这些花看上去很美，但是一旦谢了，不就是垃圾吗？所以你看我在采花，其实采的是垃圾。陈小元说，你们有知识的人真会狡辩。凤姐说，我问你，你不好好参加活动，跟着我跑到这里干什么？陈小元说，我申明，我可没有跟着你，我是真正来拾垃圾的。凤姐说，你拾的垃圾呢？陈小元说，你们大上海，这么干净的地方，哪里有垃圾啊？凤姐说，处处都是垃圾，我看你是偷懒。

大部队早就走散了，四周已经看不到一个同事。

凤姐说，赶紧走吧。陈小元说，朝哪里走？凤姐说，去淀山湖，说好在那里会合。陈小元说，我迷路了。凤姐说，你是故意迷路的，是不是想让我给你引路？陈小元说，不需要，我看你才是偷懒，你自己的自行车呢？凤姐说，已经让别人拉走了，还有五十多公里，谁骑得动啊。

凤姐左右看了看，然后坐上了陈小元的自行车。陈小元说，我也骑不动，你可以坐公交车。凤姐说，公交车根本拦不住。陈小元说，你也可以飞。凤姐说，我怎么飞？我又不是小蝴蝶。陈小元说，我看你开心的样子，差不多就是蝴蝶了。凤姐说，如果我是蝴蝶，你觉得我应该是谁变的？陈小元说，肯定是祝英台变的。凤姐说，我看也是，说不定我上辈子就是祝英台。陈小元说，只可惜我不是人家梁山伯。

凤姐说，别酸溜溜的了，让你带着我，算是你的福气。

陈小元说，让我带着你，你不怕丢人？

凤姐说，当然丢人，我这是被逼无奈知道不？

陈小元在丹凤县城上高中的时候，有一辆飞鸽牌自行车，经常骑着它回大庙村。后来他当了木匠，骑着它去别的村子打家具，在后座上带着他的木匠工具，但是从来没有带过人，更何况是带个女人。

陈小元带着凤姐，把自行车骑回了大路，并没有感觉自己背后有多么沉重，似乎后座上坐着的，确实不是一个人，而是一只蝴蝶，或者一个轻飘飘的灵魂。

陈小元尽量骑得慢一点，远远地在后边磨蹭着，因为真怕遇到了同事。不像刚进公司的那阵子，他跟着她一起乘坐公交车，缠着她一起逛街外出，配合她一起交流业务，现在是能回避的尽量回避，不能回避的，冒充乡下亲戚，开一个玩笑，也就蒙混过去了。对自己而言，说是单相思也罢，被嘲笑是癞蛤蟆也罢，并没有什么了不起的。

但是现在，人家凤姐马上要结婚了，而且男朋友还是乌里·希克，两个人再骑着一辆自行车，凤姐的手还轻轻地揽着他的腰，被人看见了确实会让凤姐尴尬，甚至会丢凤姐的面子。

那天晚上住的酒店紧靠着淀山湖，从房间里拉开窗帘，就能看见微波荡漾的湖面。酒店里有小桥流水石板路，有延伸至水面的亲水平台，还有免费开放的棋牌室、游泳池、健身房、电影院、酒吧茶座。公司一部分人因为太累,吃完饭就休息去了,另一部分人自由活动。

陈小元第一次参加这种活动,感觉十分陌生和别扭,也不太喜欢和人交际,就想着早点回房间看看电视。但是小胡子说这么好的机会,应该好好享受一下,于是拉着他一起,把各种地方都逛了一遍。他们毕竟是从农村来的,唱歌吧,麦克风都不会用;打麻将吧,他们舍不得下注;游泳吧,不好意思脱衣服,而且是山里长大的,看到水就恐惧;健身吧,觉得是白费力气;看电影吧,人家放映的是英语原版的,根本看不懂。

这些娱乐项目把城里人与乡下人一下子分得清清楚楚,搞得两个人不仅不高兴,反而十分失落,正好有人组织继续喝酒,就干脆加入了。

大家喝得兴起,觉得在酒店里边太闷,又在湖边挑了一块空地,熊熊地燃起一堆篝火,围着闪闪烁烁的火光,玩游戏喝酒,显得十分放松。

凤姐也在喝酒的人群里。进入后半夜的时候,有人起哄说,凤姐自小练舞,让她跳一段肚皮舞开开眼。凤姐说,想看我跳舞可以,得买门票。有人说,门票多少钱一张?凤姐说,不需要钱。有人说,那你要什么?凤姐说,香吻一个。有人说,你想要谁的香吻,这里边的男人任你挑。凤姐说,这里有男人吗?我怎么不知道。有人说,怎么没有?人家陈小元估计还是初吻呢。凤姐说，他能和人家月亮相比吗？今晚的月亮就是一个吻，你们想让我跳舞，就把月亮摘下来，我嘴馋了想吃月亮。

大家抬头，发现天空挂着的几乎是一轮圆月。有人说，捞个月亮还不简单吗？你们看我的吧。于是他拿起一个大酒杯子，从湖中舀了一杯湖水递给凤姐，说你吃吧。原来，不仅天上有一个月亮，湖中有一个月亮，杯子里也有一个月亮，明晃晃地荡漾着。小胡子解围说，别喝湖水，还是喝酒吧，凤姐如果跳舞的话，我们每个人喝一杯酒怎么样？凤姐说，喝酒也行，除非你们一人六杯。

果然，每个人都喝了六大杯，估计有三两多的白酒。

凤姐无奈，只好拿手机放了一段音乐，站在篝火前边跳了一段《天鹅湖》，那舞姿，那步态，那情境，和火光月色一起，美妙地倒映在湖水之中。

小胡子说凤姐真像受伤的天鹅，陈小元总觉得她是一只受伤的凤凰。

凤姐跳着跳着，音乐停止了，随之响起一段手机铃声。凤姐去接电话，发现是凤妈的，问凤姐在干什么，大半天连个汇报的信息都没有。凤姐说，我正在睡觉呢，有什么好汇报的。不知道是谁一下子笑出了声，被电话那边的凤妈听到了，就问旁边是谁在笑。凤妹说，要么是空气，要么是枕头，她抱着的枕头是充气的，有时候使劲一挤就会发声。凤妈在那边提醒凤姐，说你千万要长脑子，睡觉的时候把门锁好，要防着你们那帮子同事，尤其要防着那个乡下的戆大。

好在大家都喝多了，七倒八歪地躺在地上，并没有听清电话。

凤姐挂断电话，拿起旁边的半瓶酒，倒了三大杯，闷闷不乐地喝掉了。她站起来，还想接着跳舞，突然一下子栽倒在地。

大家都说喝醉了，干脆散了吧。

陈小元等大家慢慢散去，赶紧把凤姐扶起来送回了酒店。但是凤姐死活找不到房卡，又不记得自己住在几号楼，非得要求先去陈小元的房间休息。凤姐一进陈小元的房间，便倒在床上又吐又笑又哭，然后就不省人事了。

陈小元没有经历过这种场面，显得心慌意乱，打开门看了看，楼道十分狭长，而且空无一人，耳朵贴着墙听了听，也许隔壁已经休息，也许隔音效果不错，并没有任何动静。他这才稍微安定了一些，先是把呕吐物清理干净，然后按照农村人醒酒的办法，烧水泡了一壶酽茶，一勺一勺地喂给凤姐，再拿热毛巾敷在凤姐的额头上。

过去，陈小元从来不敢好好地打量凤姐，也很少离她如此之近。如今凤姐是躺着的，不再是高高在上的凤凰，而像卧在草丛中的一只锦鸡。她微微张开的两片嘴唇涂着淡褐色的唇膏，像两条刚刚爬出泥土的新鲜的蚯蚓，两排洁白而细小的牙齿轻轻咬着自己的手指,一张鹅蛋脸被柔和的灯光一照,带着几分红晕,像雨后的一抹淡淡的晚霞。

凤姐彻底喝醉了,又慢慢地睡着了,发出均匀的呼吸声。陈小元笨手笨脚地为她脱掉鞋,帮她把腿轻轻地挪到床上,给她垫上枕头、盖上被子,然后坐在沙发上也眯瞪了起来。

不知道凌晨几点,其他同事早就回房休息,窗外的湖水拌着月光默默地流动,虫子和鸟儿也渐渐息声,整个世界进入寂静状态。凤姐终于醒了,像在自己家里,或者像在梦游一样,慢慢地爬起床,拉开背上的拉链,解开腰上的裙带。她的裙子像一道幕布,自然而然地滑落在地……她摇摇晃晃地走进浴室,开始洗澡。上海人即使在昏迷状态下,也要洗澡,尤其女人像鱼一样,不在水里溜达一圈,似乎就活不下去了。

浴室与卧室之间,是一道透明的玻璃墙,凤姐似乎忘记了自己的存在,忘记了陈小元的存在,也不在乎他的存在。虽然玻璃墙上很快生出一层水汽,但是可以隐隐约约看到一个女人,仰着头,撩着水,陶醉地搓着。她的样子像是在跳舞,比她晚上跳过的芭蕾还要动情,还要柔曼,还要美妙。

陈小元虽然不懂舞蹈,不明白什么是芭蕾,不知道什么是《天鹅湖》,但是她的曲线、她的动作,对他来说仍然存在着极大的诱惑。这些诱惑反过来又深深地加大了他的自卑感和距离感。

不过，彻底惊醒陈小元的并不是凤姐，而是经过凤姐的身体流向地面的哗啦哗啦的流水声。这声音是一场突然来临的暴雨，还夹杂着闪电和雷鸣，气势汹汹地把他内心的欲望浇灭了。

其实凤姐并没有醒，或者说仍然是在梦中。她一边洗一边淡淡地说，我知道你没有睡着。陈小元说，我是没有睡着。凤姐说，我知道你闭着眼睛。陈小元说，我是闭着眼睛。凤姐说，半夜三更，到处都黑乎乎的，你就是睁开眼睛恐怕也看不到什么。陈小元说，我能看到水。凤姐说，水不是你看见的，是你用耳朵听见的。陈小元说，洪水猛兽，所以我不想看见水。凤姐说，即使是禽兽，有什么好怕的吗？陈小元说，它是湿的，当然要怕了。凤姐说，再湿也打不湿你的眼睛。陈小元说，但是可以打湿你……所以，你回自己房间吧。

凤姐说，我为什么要回自己房间？陈小元说，那我去你房间。凤姐说，你已经在我房间了。陈小元说，所以我必须出去。凤姐说，你是不是真傻呀？你为什么要出去？如果你出去了，你这辈子还有机会吗？陈小元说，这不是机会，我不想乘人之危，而且你妈的电话我都听见了。

陈小元说着就要出门，但是凤姐披着一条浴巾，已经从浴室走出来，背靠着门，把门堵住了。陈小元不敢抬头，有些羞愧地看着地面，看着一滴滴水从凤姐身上落下来，把地面很快打湿了。

陈小元要去开门的时候，被凤姐一把给抱住了。

陈小元说，你喝醉了。凤姐说，我是喝醉了。陈小元说，你喝醉了还没有醒，不能做傻事。凤姐说，什么叫傻事？陈小元说，我不懂，估计你懂。凤姐说，你也喝醉了，难道你已经醒了吗？

陈小元确实也喝了不少酒，他这辈子第一次喝那么多白酒。他觉得白酒从喉咙咽下去的时候真是太难受了，但是喝到肚子里又非常舒服，好像一团火在身体里燃烧着，把淤积着的忧郁烧成了灰烬。也许就是从这天晚上开始，他对白酒产生了某种好感和依赖。

凤姐说，你这段时间在想什么？陈小元说，我们农民能想什么。凤姐说，你就装吧！陈小元说，你的婚礼准备得怎么样了？凤姐说，不怎么样。陈小元说，你们城里人真拽，八千八百块一桌子，还不满意？凤姐说，不是不满意，是懒得操心，其实不是我结婚，是我妈他们结婚。

陈小元说，日子还是你们的，我提前祝你们幸福。凤姐说，你们是谁？陈小元说，还能有谁，你和洋鬼子呀。凤姐说，事实是我不幸福。陈小元说，因为什么？凤姐说，因为和外国人根本没有办法沟通。陈小元说，他不是假洋鬼子吗？凤姐说，他是在外国出生的，在外国长大的，所以思维方式和我是相反的。

陈小元说，我和你也是相反的。

陈小元一边说一边躲让，凤姐一边说一边去拽陈小元的衣服……

两个赤条条的意欲朦胧的人抱在一起，不再是一块磁铁和一根钉子，而像是被烧软的两块铁，彼此吸引着，吸收着，熔化着。

第二天早上，陈小元在餐厅见到凤姐的时候，他终于抬起头看了看凤姐，但是凤姐的态度已经还原，又恢复成高傲的凤凰，似乎什么都没有发生，也似乎是酒醒了和梦醒了，把发生的一切的一切都忘记了。

9

凤妹心想，马上要过年了，就从一百块里拿出几十块，还给小卖部的老席，首先称了几斤火纸和几把香，给爷爷奶奶上坟用；其次买了一挂鞭炮，三十晚上不响鞭炮太清冷了；最后看到小卖部里挂着好多年画和对联，于是买了一副对联和两张门神，门神是秦琼和敬德。

凤妹还想给自己买一双手套，她的同学就有一双，是黑白的，样子像两只熊猫，吊在脖子上十分可爱。她试了试，觉得不仅好看，还十分暖和，但是她还是恋恋不舍地脱下来还给了老席，让老席换成了半斤糖果和一包瓜子。她知道过年的时候，不会有人到她病歪歪的家里串门子，但是还得以防万一，万一有人来了，比如她妈回来了，没有瓜子糖果显得多么寒酸。

陈小元看到凤妹回来，手中提着几瓶酒和几样年货，高兴地问凤妹是不是打到什么猎物了。凤妹说，是呀。陈小元说，我听到枪响，还担心了半天，没有想到我们凤妹天生就是神枪手。凤妹说，有什么好担心的。陈小元说，你换东西干什么，不是说好自己吃吗？

凤妹咳嗽起来，说，我打的猎物没有办法吃。陈小元说，为什么不能吃？你感冒了。凤妹说，煮不熟，熬不烂，你别说吃它，它还要吃你。陈小元说，那到底是什么？凤妹说，你猜猜吧。陈小元说，是野猪吗？凤妹说，野猪那么凶。陈小元说，是兔子吗？凤妹说，兔子那么小。陈小元说，是锦鸡吗？凤妹说，锦鸡那么漂亮。陈小元说，难道是你看见过的野羊？凤妹说，它们是一对。

陈小元说，不会是空气吧？

凤妹咳嗽着说，爸你真聪明。

这时，陈小元才反应过来，问那杆枪呢？凤妹说，我藏起来了。陈小元说，藏在什么地方了？凤妹说，我藏在山上了。陈小元说，山上都是雪，你往哪里藏？凤妹说，我把它挂在一棵白桦树上。陈小元说，让人看见了，还不拿走了？

凤妹说，不会的，我挂得很高。陈小元说，有多高？凤妹说，爸你真啰唆。陈小元说，你就别骗我了。凤妹说，其实吧，是被没收了。陈小元说，被谁没收了？凤妹说，还有谁啊，是派出所所长，我从山上下来的时候，在小卖部遇见了老席的外甥，说私藏枪支是违法的，所以就把它没收了。

陈小元不再言语了，从床头拿起拐杖，使劲地敲打着右腿，似乎要把自己彻底敲碎，把里边的疼痛赶出来。

下午听到枪响的时候，他就明白那是朝着天空空放了一枪，善良的凤妹是不会伤害那些动物的，而且大雪封山，鸟都懒得飞过去，怎么可能有人进去呢？他判断那杆枪不是被没收了，应该是被小卖部的老席拿去了。老席一直喜欢那杆枪，他也喜欢那杆枪，但是自己要喝酒，有什么办法啊。

凤妹剥开一颗糖果喂给陈小元，说，爸你的嘴苦，先尝尝甜不甜。陈小元说，你也吃一颗。凤妹说，我不喜欢吃糖。陈小元说，你小时候连糖纸都吃下去了。凤妹说，那是小时候，现在不喜欢了。

陈小元明白，糖果不算什么稀奇的东西，但是家里一直困难，凤妹有些舍不得。他把糖果还给凤妹，说糖果越吃嘴越苦，我不喜欢倒是真的。凤妹接过来，咯嘣一声，用牙把糖果咬成两半，一半交给陈小元，一半扔进自己嘴里，滋溜滋溜地转着圈。

糖果太甜了，一直甜到了心里，凤妹吃着吃着就笑了，而陈小元吃着吃着就从眼睛里流出了几滴泪水。

陈小元说,凤妹,你会不会觉得爸爸是一个怕苦的人?凤妹说,怎么会呢。陈小元说,那你知道爸爸有多苦吗?凤妹说,我知道,比黄连还苦。陈小元说,你吃过黄连吗?凤妹说,没有吃过,但是嘴里的糖果有多甜,黄连应该就有多苦。

陈小元说,当年爸爸当木匠的时候是什么样子你知道吗?凤妹说,我知道,他们说你是一棵白桦树,我妈是一棵梧桐树。陈小元说,我们大庙村有白桦树吗?凤妹说,满山都是的。陈小元说,那梧桐树呢?凤妹说,一棵都没有。陈小元说,人家上海到处都是梧桐树,凤妹还不认识梧桐树吧?凤妹说,爸你说说,梧桐树是树吧?陈小元说,当然是树,不过呀,不结果子,也不开花,更不允许砍下来烧火取暖打家具。凤妹说,那要它们干什么?陈小元说,它们是绿化树,站在路边上什么都不干,有专人给它们梳头,它们生病了,有专人给它们挂吊针。

凤妹好奇地瞪着眼睛说,给树梳头?还打吊针?爸你骗我的吧?陈小元说,怎么骗你?它们的待遇比我们凤妹好多了。

凤妹说,因为梧桐树上有凤凰对吗?

陈小元说,屁的凤凰,那是传说,麻雀倒是不少。

凤妹说,麻雀会不会就是凤凰?

陈小元说,不管怎么说,人家麻雀能飞,比我厉害多了。

凤妹说，但麻雀不是木匠，爸你是木匠。

陈小元说，你见过我打的家具吗？凤妹指了指床头的两只箱子说，这不就是吗？陈小元说，这是我第一次单独打的。凤妹说，真漂亮！陈小元说，漂亮在哪里？凤妹说，因为是梨木的。陈小元说，你还认得是梨木的啊？凤妹说，是你告诉我的，说梨树是从房后边砍回来的，它春天会开花，是白色的，夏天会结满一树脆生生的梨子。陈小元说，我舍不得砍，但是你爷爷说，在木匠的眼里，家具也是树，是树的另一种活法。凤妹说，所以啊，箱子上边的三只喜鹊都是活的。陈小元说，打家具的时候，院子外边的喜鹊喳喳地叫，我是照着它们的样子画上去的。凤妹说，难怪了，有好几次，我看到画里的三只喜鹊都飞起来了。

陈小元说，瞎说吧？

凤妹说，怎么是瞎说！有时候是我亲眼所见，有时候是在我的梦里。

陈小元说，你在哄我开心。凤妹说，爸你什么时候教我木匠活儿吧？陈小元说，你是丫头！凤妹说，丫头怎么了？陈小元说，我没有见过哪个木匠是女的，而且这年头，做木匠有什么出息？

陈小元一直是犹豫的，不教凤妹学木匠活儿吧，老先人留下来的功夫，眼看着就败在自己手上了；教凤妹学木匠活儿吧，又害怕给凤妹带来和自己一样的灾难。当年，如果他不会木匠活儿,他就不能留在上海;如果不留在上海,就不会认识凤姐,也就不会有如今的下场了。

　　陈小元吩咐凤妹,把自己的木匠工具从床下边翻了出来。从上海回来之后,他把这些工具用油纸包起来,放在一个箱子里,独自一人的时候,偷偷拿出来摆弄过几次,无非是拆了再装,装了再拆。每次看到它们,他都无比伤心,所以慢慢地,就不再拿出来了。只是有时候,晚上睡不着,他就使劲地想这些工具,回忆自己都打过哪些家具,但是越想越让他觉得难受。藏在身子下边的这些工具,把他当成了木头,在他肚子上凿,在他背上刨,在他腿上锯,似乎要把他打成棺材。有一阵子,他的梦里都是这些工具,不过,墨斗变成了乌鸦,锯变成了蛇,凿子和刨子变成了老鼠。它们都跑出来,围绕着他,有的大叫着骂他,有的吸他的血,有的咬他的肉,似乎没有把他当人,而是当成了一具尸体。

　　陈小元第一次允许凤妹碰这些东西,她就像碰到一堆心爱的玩具,高兴得哇哇大叫说,我的妈呀,这些宝贝太漂亮了,爸你要开始教我了吗?

　　陈小元想,他没有力气教她,也不可能去教她,但是是时候让她认识认识了。

　　它们并没有生锈,仅仅沾满了灰尘,被陈小元用袖子轻轻地擦了擦,立即就油光锃亮起来。它们一个个见到凤妹,像见到了尊贵的公主,显得有些害羞而又十分仰慕;它们一个个见到陈小元,像见到了久别重逢的老朋友,显得无比激动而又十分生疏——当他拿起斧子试了试锋芒,不小心就把手割破了;当他还没有把刨子安装起来,不小心就掉在了地上……对于一个木匠来说,这是绝对不应该的,也是不吉利的,如果在学徒的时候,会被他爸用尺子毒打一顿的。他爸说,这些工具是什么?是木匠自己的心肝!哪天连自己的心肝都不听使唤了,你就别再当木匠了。

陈小元十分沮丧地让凤妹把工具都收起来,重新放回了床下。

陈小元说,你看看,我连一根针都捏不稳了,哪里还像木匠啊?凤妹说,你当然还是木匠,看到它们这么锋利,就知道你是了不起的木匠。陈小元说,那是过去,我现在连一根狗尾巴草都不如了,人家狗尾巴草还会摇啊摇的,而我的骨头里像垒着石头,稍微动一动随时都会垮掉。凤妹说,反正在我眼里,爸你还是一棵白桦树。

陈小元说,当年把左腿锯掉的时候,只是痛,不是苦,如今真是太苦了。凤妹说,太苦你就喝酒吧。陈小元说,哪有那么多酒供我这样喝下去啊?我们又不是开酒厂的。凤妹说,我有个远房的姑父你认识吗?陈小元说,怎么不认识,他在酒厂工作,当年,我和你妈还麻烦过人家。凤妹说,是不是向我姑父要过酒?陈小元说,要酒是后来的事情。

陈小元想,当年不求人帮忙,不知道能不能和凤姐结婚？不和凤姐结婚，自己还会落得如此下场吗？凤妹如今还会名正言顺地成为自己的女儿待在自己身边吗？

凤妹说，等雪化了，路通了，我就去找姑父。

陈小元说，我们凤妹小小年纪，其实比爸还苦。

凤妹说，我不苦，有爸爸在，我就很开心。

陈小元为了节省着喝酒，想出了各种各样的花招。比如拿起拐杖使劲地敲打，几乎把健全的右腿都敲断了；比如晚上不盖被子，几乎把腿冻成了冰块，他觉得结成冰块应该就麻木了；比如让凤妹找来几个葡萄糖瓶子，灌满开水焐在关节上，希望把疼痛从关节里逼出来。凤妹很快发现，经过各种各样的折磨，她爸的腿变得又红又肿，不仅出现了冻疮，还烫起了几个水泡，就心疼地去找兽医老马。

老马说，我是兽医，救不了你爸。凤妹说，你就行行好，给开个处方吧。老马说，前些年，我处方开过那么多，你们把草药喝了几火车，药渣把村口的路都填平了，什么屁用都不顶。目前办法有两个，要么去县城医院，要么就继续喝酒。陈小元说，酒太贵了。老马说，但是比药便宜多了。陈小元说，你有止痛药吗？老马说，畜生不需要止痛，所以没有止痛药，而且止痛药你是用过的，屁效果都没有。陈小元说，你有安眠药吗？老马说，畜生也不失眠，所以也没有安眠药，而且安眠药不是随便可以吃的。

陈小元说，干脆你给我开一些老鼠药吧。

老马说，你可不能想不开啊。

老马临走的时候，说关节炎再难受，一时要不了命，但是外伤再感染下去，很快会死人的。凤妹按照老马交代的偏方，把几天前采回来的几株苍术剁碎，剜了一些猪油，倒出两瓶子青霉素，放在一起捣成糊糊，敷在她爸的伤口上。

腊月二十四，天气变得成半阴半晴。凤妹吃完早饭后，想去村东头的老汪家看看一黑一白两只鸡。这几天她总有一些预感，这些预感主要来自梦里。好几天她都梦见了她妈，所有梦的背景都是大庙村，院子外边的那棵大柏树不仅长出了青青的叶片，连树干树枝都是青色的。有一次，她妈躲在大柏树后边不理她；有一次，她妈站在树梢上，死活找不到他们家的大门；有一次，她妈竟然钻进大柏树中间，被一圈圈的年轮给死死地缠住了；尤其有一次，当她扑向她妈的时候，她妈突然变成了一尊观音，观音张嘴告诉她，今年春节她有一百颗星星要画，所以就回不来了。凤妹从梦中醒过来的时候，发现自己手心紧紧地握着木观音。她不仅没有失望，反而有几分高兴，因为按照大人们的说法，梦都是反的，梦见草木青青，表示将有亲戚来串门子。她强烈地预感到她妈将要回来了。

她要去看看那两只鸡，顺便还要喂喂它们。它们是她妈喜欢的食物，必须保证它们的安全。

远远地，她就听到咯咯嗒咯咯嗒的声音，分明是有鸡下蛋了。果然,老汪手中提着一把菜刀,见到凤妹就高兴地说,好悬啊,你看看,我菜刀都磨好了,正要杀掉它们呢。凤妹说,你要杀谁?老汪说,你们家的那两只畜生啊!凤妹说,它们不是下蛋了吗?老汪说,我以为你骗我,准备杀掉它们熬汤喝,没有想到大冬天的,它们还真下蛋了,而且下得这么及时。凤妹说,还是养着划算吧?鸡生蛋,蛋生鸡,到明年夏天,你可以开养鸡场了。老汪说,起码,正月十五有荷包蛋吃了。

凤妹心想,恐怕等不到那时候了,如果她妈真的回来了,她无论如何都要把鸡赎回来。

那天晚上,实在无法忍受的时候,陈小元为了节省着喝酒,就让凤妹舀水给他。凤妹以为他口渴,就倒了半碗开水。陈小元却坚持要喝凉水,而且一口气喝了两碗。

陈小元问,凤妹你说说,酒与水一样不一样?凤妹说,看上去一样,都是无色的,都是透明的。陈小元说,还有呢?凤妹说,酒是水生出来的,也是一种水。陈小元说,还有呢?凤妹说,酒和水都必须装起来,不然就流掉了,而且都向下边流。陈小元说,还有呢?凤妹说,有时候,它们可以当镜子用。陈小元说,凤妹是不是照着梳过头?凤妹说,我经常这么梳头。陈小元说,但是我想不明白,酒喝下去是一团火,能把身子里的那些石头烧化,而水喝下去怎么就不顶用了呢?

陈小元接着又喝了三碗水,一口比一口吃力,似乎不是在喝水,而是在表演吞咽刀子的杂技。最后,他浑身发抖,像一个表演彻底失败的人,重重地倒在床上,喊了一声"老天爷啊",就放声大哭起来。

凤妹吓坏了,这一次也跟着哭了起来。

整个大庙村都是他们的哭号声。

陈小元还是没有忍住,咕嘟咕嘟地喝了半瓶酒,才慢慢地安静下来,闭着眼睛睡着了。

月亮偷偷露出半张脸,在云层中穿梭着,明明灭灭的月光透过窗户冷冷地洒在她爸的脸上。凤妹摸了摸月光,也是第一次摸了摸她爸的脸,这张脸和月亮一样惨白,又是那么瘦削,像一张被揉成一团的白纸。

她躺在她爸的脚边,为她爸暖着一只冰冷的脚。她在脑海里像放电影一样,把家里值钱的东西都过了一遍——所剩不多的粮食,政府发放的救济物品,留着过年的一吊子腊肉,两只被租出去的母鸡,一杆拿去抵账的鸟枪,以及自己脖子上的木观音。

观音!上天!她竟然漏掉了"上天"……

腊月二十五,太阳刚刚升起的时候,凤妹就好好地梳洗了一番,因为出门烧香是必须沐浴净身的。他们家的院子原来是一座寺庙,不过已经不适合烧香了。她要去的地方是大庙村朝东两三里的九龙山。

九龙山其实不是山,而是九块大石头天然地叠在一起,像一座九层佛塔,上边长着一棵大树,树下的石头缝里,有一眼汩汩冒泡的泉水。那泉水十分神奇,是冬暖夏凉的,哗啦哗啦地流出来汇成一条小溪,天气好的时候,不仅有缭绕的雾气,还有彩虹。听大人们说,这个泉眼里住着龙王爷,很早很早以前,穷人要办红白喜事的时候,只要在旁边烧三炷香,说明需要几桌酒席,善良的龙王爷就会派人把丰盛的酒菜一桌桌地给送出来。

听上去是一个传说,但是真的出现过奇迹。有一年大旱,庄稼颗粒无收,大庙村饿死了好多人,凤妹她奶奶就是那时候去世的。大家纷纷跑去烧香,本来是去求雨的,雨一滴没有下,倒是从泉眼里流出了许多鱼,是黑色的,有的一拃长,有的一尺长,密密地流了三天三夜。凤妹问过陈小元故事是不是假的。陈小元说,应该是真的,我没有亲眼见过,但是听你爷爷说,他捞了好几桶,吃了一个多月,才把命保住了。

凤妹一直有些怀疑,但是眼下也没有其他办法,于是带着过年用的三炷香,提着一只水桶就朝着九龙山赶去。去九龙山的路是平缓的,依然被大雪覆盖。等凤妹赶到山下的时候,太阳才刚刚升到山顶,远远地就能听到泉水叮咚,就能看到雾气缭绕,山谷间斜跨着一道彩虹,赤橙黄绿青蓝紫,感觉像仙境一样,这让凤妹相信九龙山是有神仙出没的。泉水旁边有一个小小的祭坛，是村民们用小石块垒起来的，平时有灾有难就去烧香，那棵大树上系着不少红丝带，是许愿用的。

凤妹点燃三炷香，跪下来，从脖子上摘下来木观音紧紧地握在手心，闭着眼睛开始祈祷，大意是祈求龙王爷显灵，可怜可怜她爸，送几颗仙丹出来，起码送一些酒出来。

凤妹祈祷了几遍，然后睁开眼睛，发现淡黄色的荡漾的泉水十分醇厚，似乎被装在坛子里发酵过一样。她好奇地掬起一捧，放在嘴里尝了尝，但是她失望了，那汩汩流淌的，依然是水，而不是酒，更没有什么仙丹。

也许是自己心不诚，所以凤妹继续闭着眼睛，继续祈求龙王爷，也请求观音菩萨，让他们发发慈悲。她心不大，水不会无缘无故变成酒，但是水里有鱼还是说得通的，如果从泉眼里流不出酒，那能够流一些鱼出来也行。有了鱼，就可以去换酒。即使换不了酒，也可以替她爸补补身子，还有她妈是海边长大的，应该是喜欢吃鱼的。所以第二次，她祈求的时间长一点，等到慢慢地睁开眼睛的时候，三炷香都烧完了。

在睁开眼睛之前，凤妹顺便许了另一个愿，希望上天保佑她妈回来过年，她说她太想她妈了。

在心里说完这句话，凤妹开心地笑了。

凤妹还是失望了。泉水在阳光的照射下金光闪闪，依然源源不断地流着，没有丝毫改变。不过，因为这是泉水，既没有结冰，也不寒冷，反而冒着淡淡的雾气。她意外地发现了鱼儿，在下边的小溪的石头间游动。她脱掉鞋，挽起裤子，下到小溪里开始摸鱼。其实，她明白，这些小鱼秧子不是龙王爷送来的，而是本来就存在的。在夏天的时候，她的同学们经常在河里摸鱼，这是小伙伴们放学之后的游戏。

凤妹摸得十分吃力，因为没有什么大鱼，只有和自己手指头一样长的小鱼，而且游得太快了，像小小的光线，也像小小的涟漪。过了一个多小时，凤妹还是逮住了十几条。

凤妹把它们放在水桶里，提着回家了。路过小卖部的时候，凤妹又遇到了老席，还遇到了老席家的老花猫，围着水桶喵喵地叫。

老席说，你水桶装的是什么？凤妹说，是鱼。老席说，你这鱼是哪里来的？凤妹说，是龙王爷送的。老席说，你去九龙山了？凤妹说，是啊。老席凑过来一看，嘿嘿一笑说，哪里是龙王爷送的，分明是你在小河里摸的。凤妹说，你说是不是鱼？老席说，指头长的鱼有什么用？凤妹说，我本来想拿回去熬汤，你看看你们家的猫都馋死了，你要不拿回去给猫过年吧。老席说，你这丫头又来骗我，这次不是我不愿意上当，是我这里已经没有酒了。

凤妹又去老汪家，老汪家养了一条狗，说我有十几条鱼，你们要不要喂狗？老汪说，是不要钱吗？凤妹说，不要钱，给我几瓶酒就行。老汪说，我们哪里还有酒啊？而且狗怕腥，是不吃鱼的。凤妹说，你们用油一炸，可以自己吃。老汪说，我们嫌鱼有刺，卡住喉咙就麻烦了。凤妹说，过年吃鱼，年年有鱼，多吉利呀。老汪说，这么小的鱼，吉利个屁，恐怕要倒霉的。

大庙村不产鱼，确实没有吃鱼的习惯。何况鱼这么小，还没有长大，是吃不出什么肉的，而且它们游得那么欢快，那么无忧无虑。凤妹不忍心拿回家，于是来到门前的小河边，砸出一个冰窟窿，把鱼一条一条地放生了。

凤妹对着小鱼说，你们快点回家吧。

凤妹心想，如果它们顺着这条小河一直游下去，先游到丹江，再游到汉江，又游到长江，最后就能游到东海。

凤妹是查过地图的，上海就在东海岸边，那是她妈所在的地方。

10

男女之间，有时候非常奇妙，像两块铁疙瘩，烧红之后轻轻锤几下，好得可以合在一起，但是一旦冷却下来，就合不上了，必须重新搭火。

从淀山湖回来，凤姐对陈小元更冷漠了，或者像还完账的债主——其实陈小元并没有做什么，凤姐并不欠陈小元的，凤妈也不欠陈小元的。如果真有什么亏欠，也许是这座城市高高在上的偏见伤害了陈小元的自尊。

凤姐开始和陈小元拉开距离，在工作中需要配合的都是公事公办，不仅不再关心陈小元的私事，反而和其他同事一起，对陈小元的一些生活习惯表示出几分厌弃。比如有一次公司开会，陈小元死活不愿意坐椅子，而是袖着双手靠在墙上，有人就嘀咕，你看看他真是上不了台面。凤姐看陈小元的目光由下而上，从九十度翻成一百八十度，变成了白眼。比如有一次吃饭，陈小元发出吧唧吧唧的声音，而且把汤汁溅在了别人的脸上，有人就骂他，让他离远一点。凤姐也跟着起哄，说陕西八大怪，有板凳不坐蹲起来，他应该蹲到外边去。比如有一次陈小元埋怨食堂不炒土豆丝，食堂师傅认为上海人不爱吃土豆丝，他们把土豆叫洋山芋，于是做了一个红焖洋山芋。陈小元又埋怨不应该放糖和太多酱油，黑乎乎甜滋滋的难吃死了。凤姐告诉师傅，别理他，土豆不放糖、不放酱油，那是人吃的吗？

别人嫌弃陈小元，陈小元并不在乎，因为自己除了是个木匠，本来就一无是处，能够留在上海已经算是非常幸运的了。但是看到凤姐这样，他受伤害的不是自尊心，而是感情，有时候感情比自尊心重要一百倍。于是，他整天只顾着闷头闷脑地干活，见人不说话也不打招呼，似乎凤姐就不在他眼里，任何人都不在他眼里，上海也不在他眼里。

小胡子说，你还是少喝酒，把自己弄得蔫巴巴的。陈小元说，我又不多喝，又不喝醉。小胡子说，那你就是生病了，应该去医院查查。陈小元说，查什么查，我身体好好的。小胡子说，你害的是心病，你以为我看不出来？人家上海人都是天鹅，我们这些土老帽都是癞蛤蟆，如果想吃天鹅肉，小心消化不良。

陈小元不再吱声，觉得自己连癞蛤蟆都不如，充其量是一只蚊子，仅仅叮了人家一下，就被人家一巴掌拍死了。

小胡子说得对，随着在上海生活久了，慢慢对这座城市熟悉了，陈小元越来越明白，有很多东西不是凤妈的问题，也不是凤姐和乌里·希克的问题，更不是他个人的问题。他们之间的隔阂，他们之间的悲哀，其实是天然的，是上天注定的，在其他人身上同样是存在的，有时候是无药可救的。这和他身上的衣服与言谈举止一样，无论他穿内增高还是平底鞋，无论他穿皱巴巴的衬衣还是笔挺的西服，无论他的双手在前边袖着还是在身后背着，无论他吃饭发不发出响声，无论他把土豆叫不叫洋山芋，他的内心都没有本质的差别，他乡下人的身份、饮食的习惯和木匠的手艺并没有本质的改变，上海人对他的尊重和歧视也没有本质的增减。因为天鹅本来就好看，就在天上，癞蛤蟆本来就丑，就在地上，还不会飞。

所以，陈小元在某些方面的心基本死了。但是他一如既往,每天下班后,还是坐着公交车,跑到凤姐家外边的那条小河边坐着,反正自己闷在宿舍也是睡觉,权当到外边散散心。之所以不去别的地方,比如外滩,比如陆家嘴,比如南京路,是因为那些地方都是光。这些光还不比太阳,太阳能够取暖,这些光不但摸不着、留不住,还晃得人睁不开眼睛,而且大多数都是装饰用的,像那些喜欢打扮的人涂在脸上的一层厚厚的胭脂。再说,那条小河确实很美,比黄浦江或者苏州河还美,起码人少,非常幽静,还有石拱桥和它的倒影,组成了一幅浪漫的画面。

关键是小河的水清凌凌,两边都是柳树,树下放着红色条椅。陈小元有时坐累了,就躺在条椅上,看星星,看月亮,看波光灯影,也可以闭目养神,常常是躺着躺着就睡着了,夏天的时候躺在外边,除了蚊子多,还是挺舒服的。他特别愿意坐在那里或躺在那里直到很晚很晚,能赶上十二点的末班车就行,赶不上末班车的话干脆就睡到天亮。

上海一年四季都非常非常潮湿,除了夏天之外还特别特别阴冷,会把他冻得瑟瑟发抖,如果下雨刮风,就会把他淋透,但是他一点都不在乎。有一次,突然大降温,半夜大雪纷飞——上海很少下雪,更何况是这么大的雪。这让陈小元激动不已,也觉得痛快不已,仿佛回到了大庙村。他静静地坐在小河边,任凭雪花片子落在他的脸上,融化在他的心里。他希望雪花能够把世界填平,把大地彻底覆盖,把斜着的目光纠正过来,最后把他打扮成雪人——上海人对待雪人的态度应该比对待他的态度要热情,如果他是雪人的话就会引起别人的关注和呵护,甚至会把凤姐和她妈一起吸引过来。凤姐见到这么大、这么逼真的雪人,肯定会兴奋得大呼小叫;凤妈见到他变成了雪人,面子上应该会觉得光彩一些。

可惜江南的雪花毕竟是柔软的,是易化的,天亮的时候,在他身上并没有存住雪花,反而把他的全身都打湿了,把他的耳朵冻伤了。尤其是他的双腿已经麻木,半天都站不起来。

这也许就是陈小元的病根,只不过他从来都不承认。他觉得他的病根在大庙村,在贫穷的忍饥受冻的少年时代,或者在日日夜夜努力学木匠活儿的时候。

即便如此,陈小元照样风雪无阻,天天去赶公交车,天天坐在小河边,只是他的怀里每次都要揣着半瓶白酒。喝些酒,上海就不冷了,感觉夜晚就短了,好多沟沟坎坎就模糊了,万物之间的距离也就消失了。有几次喝多了,他跌跌撞撞地冲到凤姐家门口,像躲猫猫一样敲敲凤姐家的门,听到凤妈的一声"谁呀",然后心里一阵发虚地跑开,躲在楼道的尽头悄悄地看着门上那个小窗口打开又关上。偶尔遇到一次是凤姐应声的,陈小元激动地说,是我。凤姐很紧张,隔着门低声地说,我妈在家!

凤妈问，是谁啊？

凤姐说，是收破烂的。

凤妈说，都什么时辰了，这些乡下人。

在凤妈的眼里，上海人只会产生破烂，是不屑于收破烂的。那些捡破烂的收破烂的肯定都是乡下人，只有乡下人才会在乎这些又脏又累又不赚钱的工作。

陈小元晕晕乎乎地又熬了半年，在元旦前半个月的时候，他突然向公司提出了辞职。小胡子说，多好的工作，多好的上海，为什么要辞职？陈小元说，我想家了，要回家过年了。小胡子说，过年还有一个多月，而且回家过年也不用辞职吧？何况父母双亲都不在了，你一个人回去有什么意思？陈小元说，出来两年了，要回家给父母上坟，不然就太不孝了。小胡子说，都是借口，凤姐元旦结婚，你想逃避对不对？陈小元说，和她结婚没有关系。小胡子说，你敢说没有关系？没有关系的话，你不早不晚非要在这个时候走？

华表公司经理找到陈小元，说好木匠可不好招啊。陈小元说，只要你们花钱，别说招个木匠，就是招个鲁班，也不在话下。经理说，你是不是要跳槽？陈小元说，我是真的想家了，也对上海厌烦了。经理说，上海还没有厌烦你呢，你知道有多少人向往上海吗？我们公司经常招聘，大学生、研究生不是想来就来得了的，再说得难听一点，哪怕是一只宠物，生活在上海和其他地方，待遇都是不一样的。前段时间,你们西北有个女人,把猫放在微波炉里,高温转了五分钟,简直是太残忍了。上海是座高度文明的城市,这种事情是不可能发生的。就比方在我们家里吧,我太太养了一只猫,每天要煮一个鸡蛋给它,而且它只吃鸡蛋黄,不吃鸡蛋清,天冷了会给它添衣服,天热了会给它吹空调,这和人的待遇是一样的。

陈小元认同经理的话。公司外边的绿化带里,悠闲地生活着一群流浪猫,有人吃饭的时候,会故意多留一些,拿过去喂它们,还怕它们淋雨,挑一块有花有草的地方搭了一个小木屋;在大庙村也有人养猫,但是粮食多金贵,谁舍得喂它们呀,它们逮到老鼠就能饱餐一顿,逮不到老鼠只能饿肚子。

不过,陈小元也反感经理的话,于是质问了一句,上海的猫会叫春吗?经理说,那是它的本性,我的意思是,你手艺这么好,回农村就浪费了。这些时间你加工了那么多东西,虽然不是正儿八经的家具,但是多数是供寺庙里用的,人家到寺庙里进香,似乎在拜菩萨,但是菩萨在哪里?他们看不见摸不着!人家拜的其实是你打出来的东西,甚至拜的是你,这多有成就感啊!陈小元说,经理你别吓我,我拜他们还差不多,人家怎么可能拜我。经理说,你可以这么想,再过一百年,甚至一千年,人家看到这些漂亮的东西,肯定会问,这出自哪个木匠之手,如果有人再一研究,发现这个木匠叫陈小元,你是不是就千古留名了?

陈小元说,千古留名有什么用?又不会奖我一个媳妇。

经理说,原来你想媳妇了啊!你想想你们农村还有女孩吗?女孩是不是都进城了?你一旦回农村,恐怕要打一辈子光棍了。

陈小元这么老大不小的,在大庙村的时候之所以没有结婚,主要是因为周围已经没有什么合适的女孩了。女孩们先进城上中学或者上大学,毕业后又去大城市打工或者上班,好不容易等到三个女孩过年过节回来一次,陈小元托媒人上门提亲,才发现自己福浅命薄,人家在打工的时候都谈了对象。

陈小元说,我回去可以种庄稼,也可以继续当木匠。经理说,那就更不能回去了,你回去无论打出什么家具,无非装装粮食和衣服,顶多装装金银首饰。现在是机械化时代,差不多是机器人时代了,还有谁请你这样靠手工生产的木匠啊?

陈小元当初离开大庙村,现在回想起来,一部分原因确实是自己的梦,很大一部分原因是没有人请自己打家具了,让他感觉很失落。这次回去,和原来一样,失落是在所难免的,毕竟在外边经历这么多。对一个农民和木匠而言,回去好好种种庄稼,农闲时间打打家具,打完家具再拆掉,拆掉再组装起来,那种日子虽然枯燥无味,但是起码是踏实的,是有尊严的。万一自己运气好,有缘娶个像梦里一样的媳妇,给自己生上几个儿子,教他们统统当木匠,那不是很幸福吗?

陈小元已经下定决心辞职了,但是他非要坚持上完最后几天班。最后的八九天时间并没有活要干,他专门采购了几块木板,躲在库房里打了几十把梳子,每一把梳子上都刻着公司员工的头像。在准备离开的前一天傍晚,他说梳子是桃木的,桃木可以辟邪,一是送给大家留作纪念,二是保佑大家诸事顺利。梳子有的是鱼形,有的是龙形,有的是扇形,有的是半月形,都合着每个人的心意。大家看到梳子上自己的头像,虽然只有寥寥几笔,却都栩栩如生,都高兴得不得了,说要当成宝贝,传给自己的女儿,或者传给自己的儿媳妇,几百年之后肯定会成为文物的。

小胡子说着说着,还抱着陈小元哭了起来,说他们都来自农村,都是苦孩子出身,有些"臭味相投",所以舍不得陈小元,希望陈小元过完年再回来上班。

陈小元对凤姐也不例外,不过在凤姐的那把梳子上,刻着的不是凤姐,也不是凤凰,而是一只锦鸡,眼睛长在头顶上。

陈小元送梳子的时候凤姐不在公司,她家里有事情,已经请假好多天了。小胡子悄悄地说,估计是你要走,伤了她的心。陈小元笑着说,她为什么伤心?小胡子说,别的原因不说了,你毕竟是她招进来的,那天早上在静安寺,你还是一个乞丐呢,如今翅膀硬了,就不知天高地厚地要飞了……

小胡子话没有说完,陈小元突然收到凤姐的信息。凤姐说,我要见你。陈小元说,我们农民有什么好见的?凤姐说,别开玩笑,晚上七点半,在我们小区外边,紧靠着石拱桥有一家徐记小厨,我在那里等你。

夕阳西下,虽然路灯还没亮,但是高楼大厦的玻璃幕墙,被反射的阳光染得通红。

陈小元懒得回宿舍换衣服,直接揣着半瓶酒从公司出发,坐上那辆熟悉的公交车,坐在靠窗的位置看着外边不停后退的梧桐树和人流。他的心情和以往任何一次都不一样,以往无论和凤姐一起坐车,还是独自一人坐车,不管自己开心不开心,当公交车绕过街街巷巷不断向前,每一次他都有种回家的感觉,像有一扇窗户专门等着自己。而这一次,虽然方向没有变,目标没有变,都是21路,都是十站,但是凤姐叫他过去,无非是要与自己告别,是自己的最后一次。所以,他有些忧伤,有无限的留恋,眼睛慢慢地湿润了。

徐记小厨是一栋赭红色的三层老建筑,离陈小元经常呆坐的地方不远,那次年夜饭就是在里边吃的,后来又进去吃过两次面条。陈小元是在三楼一个拐角处找到凤姐的,他刚刚坐下来还没有开口,凤姐就伏在桌子上嘤嘤地哭了起来。

凤姐穿着一件七彩渐变色的羽绒服,真像一只受了伤的凤凰，当她低下高傲的头，把眼睛由四十五度转到十五度以下的时候，像换了个人似的，显得更加楚楚可怜。

陈小元从怀里掏出酒，倒了两杯，自己先喝掉一杯，说你有什么好哭的。凤姐说，我哭完了，还要跳楼呢。陈小元说，有这么严重吗？上海有没有我们这些农民，对你们都是一样的，你们城里人照样吃香的喝辣的，寺庙里的菩萨照样是显灵的，所以为我伤心不值得。

凤姐说，为你？

陈小元说，不是吗？

凤姐说，我是为你哭的？

陈小元说，你不是因为我要辞职？

凤姐说，我可不在乎你辞不辞职，放弃这么好的工作不要，是你自己的损失，和我有什么关系？

陈小元并不尴尬，这是凤姐一贯的说话方式，大家称之为"作"。所谓的"作"就是，你说她漂亮，她不高兴，你说她丑，她也不高兴；你对她好不行，对她不好也不行；你给她吃糖，她不满意，你给她吃盐，她也不满意；你按照上海人的饮食习惯，在饭菜里给她加些糖又加些盐，她还是不满意。她的目的就是折腾你，你被折腾得分不清好坏、找不到东南西北、筋疲力尽地跟着她的时候，她才能体会到高高在上的优越感。即便如此，她也不见得把你放在眼里。

陈小元说，算我自作多情。那你叫我来干什么？凤姐说，你要帮帮我。陈小元说，我能帮你什么啊？凤姐说，我不知道怎么开口。陈小元说，有人欺负你对吗？你说是谁，我立即去揍他，你说踢他屁股，我绝对不会打他耳光。凤姐抬起头，看着陈小元想笑，但是笑不出来，说这是真的吗？陈小元说，当然是真的。凤姐说，打人是犯法的。

陈小元又喝了一杯酒，把酒杯子朝桌子上一掷说，为你，我不怕。

凤姐说，谢谢你，但是我求你的，是结婚的事情。

陈小元说，你元旦结婚，我提前一走，你是不是担心份子钱？凤姐说，你跑得了和尚跑不了庙，你准备出多少？陈小元说，我把工资卡都给你。凤姐说，谁稀罕。陈小元说，那是不是想请我当伴郎？我这样的人，在国际会议中心端盘子都尴尬，干那个更不配了。凤姐说，你去伴鬼吧！陈小元说，你们订的酒店我打听过，每桌子加酒水差不多一万块，不会是洋鬼子不愿意掏钱吧？

凤姐拿起桌子上的餐巾纸，团了团朝着陈小元砸过去，说你别提那个猪狗不如的东西！

原来，婚礼的日期，订哪家酒店，请哪家婚庆公司，请哪些亲戚朋友，办成什么样的排场，当然包括选择谁当伴郎和伴娘，都是凤妈一手操办的，所有的花销也都是凤妈答应支出的。按照凤妈的意思，看上去是一场婚礼，其实就像展览会，更像一场阅兵式，这个家庭的综合实力、朋友圈和幸福指数，反映得清清楚楚。何况人家看这样的阵势，红包也会水涨船高，最后算总账的时候，礼金加在一起，凤妈也补贴不了多少。所以绝对不能让人笑话，酒店要选最气派的国际会议中心，而且是坐在桌子旁就能看到黄浦江的欧洲厅；证婚人选的是乌里·希克学校里的校长，不仅是个大老板兼知识分子，而且下海之前就是正局级待遇，相当于古代五品官员；亲戚朋友必须都是体面的，比如买菜的、看门的、扫地的，还有凤姐他们公司的几个同事，比如陈小元和小胡子，平时无论有多要好，都是不能下喜帖的；别说服装、戒指和烟酒了，哪怕是喜糖、气球、桌子上的插花、地上铺的红地毯，统统都必须上档次，有上海品牌的就选上海品牌，没有上海品牌的就选外国品牌。

　　凤妈最后一句话是，我家凤姐多漂亮，又是一根独苗，找了个女婿吧，又那么出色，一辈子就这一次，我花多少钱都愿意。

　　万事俱备，眼看着元旦到了，马上就要结婚了。哪知道十一月中旬，乌里·希克接到消息，他妈在游泳的时候，不幸被淹死了。他回瑞士奔丧之后，如今迟迟没有回来，而且一点音信都没有，就像是失踪了一样。

　　陈小元说，为了一辆"救护车"，有什么好哭哭啼啼的，我帮你把他揪出来就行了。凤姐说，你去哪里揪他？陈小元说，去国外呀。凤姐说，国外是哪里？陈小元说，瑞士呀。凤姐说，你知道瑞士在哪里吗？

陈小元确实不知道瑞士在地球上什么地方，属于哪个洲，离上海有多远。陈小元说，只要买一张票不就行了？凤姐说，你买什么票？船票、火车票还是机票？陈小元说，应该是机票吧？凤姐说，你知道怎么坐飞机吗？陈小元说，应该和坐火车一样，拿着票进站就行了吧？凤姐说，你想得挺简单，这是出国，又不是回陕西，在买票之前，还要办护照。陈小元说，去哪里办护照？需要多长时间？凤姐说，即使来得及办护照，也不行。陈小元说，到底为什么？凤姐说，你下飞机去哪里找他？陈小元说，去他家呀。凤姐说，你知道他家在哪里吗？陈小元说，你告诉我呀。凤姐说，我也不知道，我怎么告诉你？

陈小元说，你都知道什么？凤姐说，我只知道他是瑞士的，父母都是福建的，他回中国之前是小偷还是骗子，有没有老婆孩子我一无所知。陈小元说，这样不清不楚的，你为什么要和他结婚？凤姐说，我早就告诉过你，我是被逼的，他什么情况都是我妈掌握的，而且他在培训学校教书，看起来为人师表。陈小元说，你们没有领结婚证吗？凤姐说，我妈让他带着我一起回瑞士，顺便把结婚证领一下，但是他说这次是奔丧，来不及，也不合适。陈小元说，你可以去学校，学校应该有联系方式。凤姐说，我早就联系过了，学校提供了电话号码，打电话他关机了，连领事馆都去了，根本查不到他的信息。

陈小元说，真是荒唐！

这恐怕又是城市与农村的差别。

在农村，你在半路上遇到一个女人，或者是娶了一个媳妇，你不仅知道她是谁的女儿，七大姑八大姨都是谁，谁曾经上门提过亲，你还知道她性格脾气怎么样，能炒一手什么菜，会不会针线活和绣花，也知道她家的门是朝哪里开的，站在她家屋顶上喳喳叫的喜鹊的窝在哪棵树上，窝里一共住着几只，哪些是老的，哪些是小的。但是在城市，你什么都不知道——陈小元不知道凤姐爷爷奶奶在哪里，不知道她妈她爸真正叫什么名字，到底在哪里上班；凤姐不知道乌里·希克家在哪里，在国外都干过什么，有没有犯过法，有没有立过功。马上都要结为夫妻的都这样，更何况是熙熙攘攘的大街上，或者是复杂暧昧的办公室里的人。谁知道那些擦肩而过的，或者与你共事的，到底是不是人，是什么样的人。

凤姐又伏在桌子上哭了起来。

陈小元说，你不让我当伴郎，而是让我当他的替身，当新郎对不对？凤姐说，你不愿意？陈小元说，为了你，我当然愿意，我把小胡子修一修，再好好地化化妆，冒充一次小日本，反正你妈爱面子，也不在乎真假，只要是洋鬼子就行。凤姐说，我就是被我妈给害的。陈小元说，她也是为你好。凤姐说,你还替她说话,她背后叫你戆大。陈小元说,戆大是什么意思?

凤姐说,就是白痴。

陈小元说,我本来就是白痴。

陈小元提起酒瓶子直接喝了一口,一本正经地说,当替身没有问题,不过我有条件。

凤姐说,什么条件?

陈小元说,新郎能享受的,我一样都不能少。

凤姐说,洞房还没有入呢,你说说你少了什么?!当初给你买衣服,后来你陪着我坐车,最后我们在淀山湖……你不会都忘记了吧?

凤姐情绪好转了一些,说她害怕的,其实不是婚礼,婚礼已经被她妈取消了。陈小元说,取消得好,听到这些消息,我说实话,既生气,又高兴。凤姐,你什么意思?陈小元说,你嫁给他还不如嫁给一只狗。凤姐说,你在嘲笑我对吗?陈小元说,我绝对不敢,你想想你嫁给一只狗,还知道主人是谁,家住在哪里,是什么品种。他呢,像风,你知道很冷,但是你不知道它是从哪里刮来的,又刮到哪里去了。如果结婚了,有孩子了,那时候再突然失踪,你成了活寡妇怎么办?孩子没有爸爸怎么办?

凤姐伏在自己的臂弯里轻轻地嘟哝了一句,我已经有孩子了。

陈小元又被吓了一跳，说你有孩子了？

凤姐说，是呀。

陈小元说，你的孩子在哪里？

凤姐说，在我肚子里。

陈小元说，你的意思是你已经怀孕了？

凤姐说，你觉得还有别的意思吗？

陈小元真不敢相信，他不知道她怀孕了，整个公司也没有人察觉她怀孕了，竟然连凤妈都不知道她怀孕了。凤姐告诉陈小元，她妈整天把她与乌里·希克关在房间里，给他们制造相好的机会，逼着他们确定恋爱关系，就是希望生米做成熟饭，最后达到让他们结婚的目的。凤姐对她妈的做法既反感又无奈，她怀孕的事情最重要的就是瞒着她妈。如果让凤妈知道了，不管有没有举办婚礼，都肯定会被她拿出去炫耀，添油加醋地告诉人家，瑞士的社会福利有多好，孩子还没有出生就能享受各种补贴，等出生了，上了瑞士户口，营养费、保姆费和教育补贴，比有些农民工拿到的工资还要多。所以，凤姐发现怀孕以后，为了伪装自己，总是穿着宽松的衣服，如果有人说她衣着风格变了，她就解释是自己发胖了；如果出现呕吐厌食反应，她就说自己肠胃不好。

凤姐本来打算，等元旦办完婚礼再正式宣布自己怀孕的消息，但是如今失去了乌里·希克的音信，什么都变得不确定了，她更要费尽一切心思，把怀孕的事情隐瞒下去。

不然，别人问她孩子是谁的，她怎么回答？如果说是乌里·希克的，他永远不回来了怎么办？如果说是其他人的，乌里·希克又回来了怎么办？

凤姐害怕极了，就以身体不舒服为由申请在家上班。在家的时候，她像以前一样，继续把自己关在房子里，尽量把自己捂在被窝里，吃饭喝水都让她爸端到床上。凤妈开始有些高兴地说，你是不是特别想吃酸的？凤姐说，我为什么要吃酸的？凤妈说，你的大姨妈还正常吗？凤姐骗凤妈说，正常啊，你以为我进入更年期了啊？凤妈说，你和乌里·希克到底有没有那个？凤姐说，妈你到底想说什么呀？凤妈说，我就怕有情况了，比如怀孕了，你还傻乎乎的不知道。凤姐说，这怎么可能！我还没有结婚呢。凤妈有些失望地说，那你整天赖在床上干什么？如果哪里不舒服赶紧去医院检查检查吧。凤姐说，这有什么好检查的，一方面是胃病，另一方面是又阴又冷，我钻被窝是给你节省电费知道吗？

怀孕这事就被凤姐蒙混过去了。

有几次，乌里·希克要那个，凤姐告诉他自己生病了，乌里·希克不相信，以为是拒绝他的借口，还要强行在一起，凤姐万般无奈之下就拿出了医院的检测结果，把怀孕的事情告诉了他。所以乌里·希克是唯一知道凤姐怀孕的人。也不知是不是巧合，乌里·希克不但没有声张，反而知道孕情之后不几天，就接到消息回家奔丧去了。

凤姐说,你猜猜,孩子是谁的?陈小元说,这还用猜吗?你要和他结婚了。凤姐说,那不一定。陈小元说,你什么意思?凤姐说,我的意思是,我自己也不知道孩子是谁的。陈小元说,难道你还有别人?凤姐说,是啊,很多很多,包括你在内。陈小元有些蒙,吃惊地说,包括我?凤姐说,我想赖到你的头上不行吗?陈小元说,行!怎么不行?凤姐撇了撇嘴说,我是瞎说的。

凤姐告诉陈小元,预产期是明年二月初,所以她才急着找他,希望他能帮帮她。陈小元说,生孩子是女人的事情,我怎么帮你?凤姐说,女人一个人能生孩子吗?陈小元说,这个好办,生孩子的时候,我去医院照顾你。凤姐说,我不需要你照顾,我只是害怕孩子一来世上就没有爸爸。陈小元说,他会回来的。凤姐说,万一他是个骗子,再不回来了呢?陈小元说,不会的,你这么好,而且有了孩子,是男人都不会放下不管的。

凤姐说,关键他是畜生,不是男人。

陈小元说,我是男人,你放心吧。

凤姐伸手抓住陈小元的胳膊说,你真的愿意当孩子他爸吗?陈小元说,这么便宜的事情,我当然愿意了。凤姐说,你说话要算数。陈小元说,当然算数,从今天起,我就是孩子的干爸。凤姐说,是爸爸,不是干爸。陈小元说,好吧,亲爸爸。凤姐说,不过千万记住,得替我保密。

凤姐抚着肚子,终于高兴地说,这下我就不怕了,你快点过来认亲,接受孩子一拜。陈小元说,孩子还没有出生,这怎么认呀?凤姐站起来,把肚子腆向陈小元说,你贴着耳朵听听就行。陈小元有些不好意思地说,免礼免礼,先欠着吧。

陈小元突然发现,两个人说了半天话还没有点菜,于是把菜单递给了凤姐。凤姐翻着说,这些天吃不好睡不好,孩子的事情总算有了着落,我今天要好好大吃一顿。陈小元说,想吃什么尽管点吧,你已经不是一个人了。

两个人美美地吃完饭,凤姐说,那你还不能辞职,你辞职就没有收入了,没有收入了你怎么给孩子当爸爸?关键是你不能离开上海,不在上海我要你这个孩子爸爸有什么用?所以你明天就去公司,把辞职报告要回来。陈小元一听,感觉有些不对,盯着凤姐打量了半天说,你刚才的话都是真的?凤姐说,当然是真的。陈小元说,我看你的体形,真不像怀孕的样子,怀孕起码肚子会变大,而你看不出和以前有什么差别。你不会和公司串通好了,想以这种方式留住我吧?凤姐双眼一瞪说,你嘚瑟什么?你再怎么厉害,也就是个木匠,没有你公司照转!我一个大姑娘,都什么时候了,这种玩笑是好开的吗?

凤姐一生气,又呕吐起来,刚刚吃过的东西全都吐出来了。

陈小元连连地说着对不起,又是倒水又是重新点菜,乐呵呵地忙得团团转，似乎自己真要当爸爸了似的。

从饭馆楼上下来的时候，陈小元看到凤姐有些吃力，便要扶着凤姐，被凤姐挡开了。她说，你等一会儿再走，周围都是邻居，让人看见了不好，尤其不能让我妈看见了。陈小元说，她现在是我孩子的外婆，我现在是她外孙的爸爸，还有什么好怕的吗？凤姐说，你头脑又开始发昏了，请你千万不要这样想，即使乌里·希克失踪了，她也不会稀罕你的，反而会杀了你。陈小元说，有这么严重吗？凤姐说，我说出来你不要生气，她认为我和你别说在一起，哪怕是普通朋友关系，也是非常丢脸的，说不定哪一天就会跑到公司大闹一场。陈小元说，反正我以此为荣，让她闹去好了，别说公司了，就是公安局也行，只要她高兴。

凤姐说，你脸皮厚，可以一走了之，我还怎么见人？如果她把我肚子里的孩子怀疑到你的头上那就惨了，孩子都保不住了。

陈小元说，她真有这么狠心？

凤姐说，为了面子，她什么都干得出来。

临别之时，凤姐再次叮咛，她怀孩子，以后生孩子，以及他要当爸爸的事情，包括公司，包括朋友，千万千万不能让人知道了。陈小元说，万一让人知道了呢？凤姐转过身，严肃地盯着陈小元说，你是逼我带着孩子一起跳进黄浦江吗？陈小元说，当然不是，这么大的喜事，我要隐瞒到什时候？凤姐说，如果可以，直到你死。

陈小元说，我死不了呢？

凤姐说，除非你是乌龟王八蛋！

陈小元想起自己带来的那把梳子，把它掏出来放在凤姐的包里，说可以保佑孩子平平安安。

11

凤妹觉得不能再等了，她爸的酒差不多又喝完了。马上要过年了，所以前一天晚上，她预备好第二天的饭菜，放在床前的炉子上焐着，交代她爸饿了就自己起来吃饭。

陈小元问，你要去哪里？凤妹说，我要去县城逛逛。陈小元说，你知道多远吗？凤妹说，我去过，不就七十里吗？陈小元说，你原来去，前边十几里是步行的，后边六十里是坐车的，如今大雪封山，全部不通车啊。凤妹说，我长着两条腿，不通车有什么关系。陈小元说，要翻两座山，当年不下雪的时候，我骑自行车都吃力，你万一走不过去怎么办？凤妹说，那我就原路返回。陈小元说，返不回来呢？凤妹说，我就飞过去。

陈小元说，傻丫头，你的翅膀在哪里？

凤妹指着山顶上的天空，说白云那么多，我任意摘两朵就行了。

陈小元说,你知道大庙村为什么不通电话吗?凤妹说,因为没有信号。陈小元说,信号通过空气都传不进来,何况你。凤妹说,那是它们太笨了,或者翅膀太小了。陈小元无奈地说,你去县城哪里?凤妹说,好玩的地方太多了,尤其是我们县的中学,我正月十六就要去那里上学了,我好奇它到底是什么样子。

凤妹去县城的次数不多,而且也没有去哪儿玩过,确实很想去四处转转,她的同学们放暑假时,凤冠山、商山、四皓墓、船帮会馆,都陆陆续续地去玩过了。有个女同学去了丹江河,她问凤妹,你猜猜丹江河有多宽?凤妹说,应该有两丈宽。女同学说,不可能那么窄,你再猜猜。凤妹说,难道有十丈宽?女同学说,从我们这里到上海有多远?凤妹说,我当然知道了,是一千三百公里。女同学说,丹江流下去就是长江,长江流下去最后就是上海,所以丹江有一千三百公里宽。凤妹说,那是长,不是宽。女同学说,那就是宽,反正一眼望不到边。有个男同学的爸妈在西安打工,他的暑假全部是在西安度过的,不仅看到了兵马俑,登上了城墙,还去钟楼撞过钟,说那悠扬的钟声美妙极了。四十多度的天气多热啊,东南西北四条大街的人突然听到他的钟声,立即竖起耳朵,齐刷刷地站在那里,心里像吃了一口冰激凌,清爽极了。

尤其有个女同学,比凤妹大一岁,早一年进了县中学,她问凤妹,你知道我们操场有多大吗?凤妹说,应该有你家院子那么大。女同学说,你放开胆子想想吧。凤妹说,有你家院子加我家院子那么大。女同学说,你知道你们村子有多大吗?凤妹说,几十户人家那么大。女同学说,那个操场啊,我看和你们大庙村的天空差不多大。凤妹说,要这么大干什么?女同学说,天空再大,星星、白云、太阳、月亮,还有嫦娥和玉兔,把白天和夜晚都塞得满满的。何况我们学校的操场四周是红色的一圈圈的跑道,中间是绿油油的像麦地似的大草坪,草坪上有单双杠、木马和秋千。凤妹说,有篮球杆吗?女同学说,怎么没有?每天黄昏的时候,有一帮男同学,都是大高个子,腿上胳膊上都长着钢针一样的汗毛,穿着蓝色的运动服在操场上比赛。你知道他们手上拍的是什么吗?

凤妹说,当然是篮球。

女同学说,错!他们拍的,好家伙,是我的心脏!他们把我的心脏拍得怦怦直跳。

县城给凤妹留下了美好的记忆——这模糊的记忆不是她的,而是她爸后来转述给她的。那是有一年夏天,在她三岁多的时候,她妈回了一次大庙村,也是最后一次回大庙村,和她爸一起带着她去县城玩。她爸已经得了关节炎,但是不像现在这么严重,拄着拐杖还是可以到处走动的。通往县城的那条路郁郁葱葱,像一条绿色的隧道,经常有一两只锦鸡站在路上啄食斑驳的阳光，路两边点缀着各种各样的野花，隐隐约约可以听到小河流淌的声音。

凤姐一会儿采一朵喇叭花插在凤妹的头上，一会儿折几根树枝子编一顶凉帽戴在自己头上，一会儿脱下鞋子把双脚泡在小河里，完全忘记自己去县城是为了坐车回上海。陈小元跟在后边问凤姐，我们这里漂亮吧？凤姐说，放在上海的话，是要卖门票的。陈小元说，你喜欢我们这里吗？凤姐说，原来没有感觉，现在挺喜欢的。陈小元说，那你干脆不走了。凤姐说，我为什么不走了？陈小元说，不管怎么样，这里是凤妹的家，也算你的半个家啊。凤姐正在小河里玩水，像身上被突然浇了一瓢凉水，茫然地抬起头看看天空，立即清醒了过来——从法律的角度讲，她和陈小元已经办理了离婚手续，这里和她有什么关系呢？但是从血缘的角度讲，她和凤妹的母女关系是撇不清的，是永远存在的。凤妹生活在这里，这里就是凤妹的家，这片山水就是属于凤妹的，也意味着是属于她的。她觉得非常奇怪，当她不属于这里的时候，感觉还是非常美妙的；当她属于这里的时候，这里的美妙突然就消失了。

凤姐穿上鞋，拉着凤妹，沮丧地拦住了前往县城的班车。来到县城汽车站，凤姐已经坐上了大巴，但是看到陈小元带着凤妹可怜巴巴地站在下边，她又下了车，去冷饮店买了两根雪糕，分给了他们父女俩。凤妹问凤姐，妈，你要去哪里？凤姐说，我要回上海。凤妹说，你为什么要回上海？凤姐说，我要上班，我不上班谁养我啊？凤妹说，你不走的话我养着你。凤姐说，你养我，你有钱吗？凤妹说，我有。凤妹迅速地跑到冷饮店，把自己的雪糕递给一位阿姨，说我不喜欢吃雪糕，你帮我退掉吧。阿姨说，雪糕怎么好退啊。凤妹说，不好退，那你把它买回去吧。阿姨说，这不是一样的吗？凤妹说，求求你了阿姨。

凤妹把要回来的两块钱递给凤姐，说我有钱养你了，你跟我们回家吧。凤姐紧紧地握着两个硬币，像是握着两把剪刀一样，剪得她的心一阵刺痛。凤姐说，妈妈是很难养的，两块钱怎么够啊？凤妹说，回家我可以挖药，卖好多好多的钱。凤姐说，那也不行。凤妹说，还有爸爸呢。凤姐说，爸爸病了。等你长大了吧。

凤姐重新买了一根雪糕，塞进了凤妹的嘴里。这是凤妹第一次吃雪糕，当她刚刚尝到雪糕的味道的时候，凤姐坐的大巴就发动了。凤姐说，我要走了。凤妹说，你能带我一起走吗？凤姐说，你要留下来念书。凤妹说，我可以不念书。凤姐说，不念书怎么行呀，关键你要陪着爸爸。凤妹说，我们带上爸爸行吗？凤姐不知道如何回答的时候，陈小元挡住凤妹说，我去干什么？凤妹别闹了。凤妹说，爸爸可以继续当木匠。陈小元说，我一个瘸子，要饭还差不多！

凤姐泪流满面地坐上车，说凤妹你要好好照顾爸爸。大巴缓缓地驶出车站，凤妹在后边使劲地追着大巴，半根雪糕扔在地上，正在一点点地化成水；陈小元在后边使劲地追着凤妹，不小心就摔倒了，半天都没有挣扎起来。

陈小元说，我就是从那所中学毕业的。凤妹说，中学操场真有天空那么大？陈小元说，是很大，但是没有天空大。凤妹说，真有一对篮球架？陈小元说，有两对，还有网球和排球场，另外有一个大沙坑，是用来跳远的。凤妹说，爸你经常打球吗？陈小元说，我个子矮，连球摸都没有摸过，那时候整天都在看书。凤妹说，爸爸真是好学生，你都看什么书？陈小元说，有课本，有小说，也有关于木工方面的，你爷爷不希望我考大学，希望我回家跟他当木匠，所以我就看了好多这方面的书。凤妹说，难怪爸你能打出那么好的家具。

陈小元说，我看你不是去学校，而是想找你姑父对吧？凤妹说，我找姑父只是顺便的。陈小元说，说是你姑父，其实已经出了五服，人家不见得帮我们。凤妹说，他儿子大鹏，我应该叫表哥，我们还是老同桌。在大庙村的时候，我让他抄过作业，所以爸你就放心吧。陈小元说，万一找不到人怎么办？凤妹说，那我就去一趟政府，把发给我们家的东西拿回来。

第二天，天刚麻麻亮，多数麻雀还没有叽叽喳喳地醒过来，凤妹就背着自己的书包，装着干粮出门了。本来太阳晒了几天，被踩踏过的雪有了融化的意思，而没有被踩踏过的雪像铁疙瘩一样更加坚硬。但是好天气并没有维持下来，又开始下雪了。凤妹临出门的时候，掏出木观音放在鼻子下闻了闻，又放在手心搓了搓，似乎要从中吸收一些能量。陈小元真想叮咛凤妹，千万要保护好自己，还要保护好木观音，不能把它摔坏了，不能把它弄丢了，不能把它卖掉。她是他们陈家唯一的根，它是他们木匠世家的祖传之物，又是把她和她妈串在一起的东西，但是他最终也没有吱声，只是深深地叹了口气。

凤妹沙沙的脚步声静静地向远处延伸，那么轻柔，和一片一片雪花一样落在地上。大庙村随之像一只苏醒的虫子开始蠕动起来，先是听到几声咳嗽，又听到几声鸡鸣狗叫，再听到一扇扇大门吱咛吱咛地开了，最后整个村子就醒了。

陈小元怎么也睡不着了，他后悔没有拦住凤妹。那可是七十里的山路，而且铺着厚厚的大雪，尤其前边十几里羊肠小道，旁边都是悬崖峭壁，一旦滑下去就完了。

毕竟是去县城，刚出大庙村的时候，看到白白胖胖的路，凤妹心里十分高兴，故意走得歪歪扭扭，有时候还要倒退几步。听到雪在自己的脚下咯吱咯吱地叫，看着自己的脚印清晰地印在地上，她禁不住奔跑起来。但是，开始上山的时候，她就不敢马虎了，因为被大雪覆盖之后，已经分不清路在哪里。她必须抓住两边的树枝，一步一滑地试探着向上爬,即便如此,在半山腰,她还是一脚踩空了。

凤妹朝着山下滚去,感觉自己是一只吐丝成茧的蚕,或者是一只被蜘蛛缠住的虫子,外壳在一层层地加厚,把她裹在了中间。她十分无奈,像推着一块石头上山而又眼看着滚回山下……事后,她明白这种过程,似乎是老师曾经讲过的一个希腊神话里的人。她始终不明白自己做错了什么,为什么要受到同样的惩罚。但是她感觉与那个推着石头上山的人相比,她幸运多了。她在即将摔下悬崖的时候,冥冥之中抓住了一根树枝。那是一棵带刺的酸枣树,几根刺深深地扎入她的手心,血一滴一滴地流下来,把地上的雪都染红了。有两只乌鸦也许闻到了血腥味,在她的头顶哑哑地叫着。她抓起一疙瘩红色的雪,自己先咬了半口,然后扔向乌鸦说,你们是不是想吃雪糕?那我喂喂你们吧。

看到两只乌鸦被吓得一飞而散,凤妹站在悬崖上边开心地笑了。

凤妹终于翻过一座山,走完十几里羊肠小道。平时有一趟前往县城的班车,中途经过的时候会在一座石板桥上停靠半小时,而如今桥上空空荡荡的,没有一个候车的人。桥头有一家小卖部开着,外边搭着一个棚子,堆着蔬菜、祭品和鞭炮,是为过年而准备的。

小卖部的大爷说,班车已经停开好多天了,你要年货的话我这里都有。凤妹说,白酒有吗?大爷说,你要多少?凤妹说，有多少要多少。大爷说，你是不是叫凤妹？凤妹说，是啊，你怎么知道的？大爷说，谁不知道呀，你爸是酒鬼。凤妹有些生气地说，他不是酒鬼，他在喝药！大爷说，就算是喝药吧，可惜我这里只剩一瓶酒了。凤妹说，总比没有要好，不过我要赊账，你放心吗？大爷说，你是孝顺的好孩子，我有什么不放心的。

凤妹把酒放进书包里，感激地说，谢谢大爷。

雪越下越大，天空像一床棉花被子被撕烂了一样。

大爷说，还有六十里路，没有班车，你能行吗？凤妹伸出手，笑着接住几片雪花，说这么平这么宽的路，六十里算什么呀。大爷说，前不着村后不着店，天黑了怎么办？凤妹说，天黑了，雪是亮的。大爷叹着气说，孩子，我有一把伞，你带着吧。

但是，他把伞送出来的时候，凤妹已经上路了，不一会儿就消失在纷纷的大雪之中。

原以为公路上应该好走多了，但是雪越积越厚，每一脚踩下去，都难以拔出来。而且风越来越大，每一片雪花打在她的脸上，脸都像被刀子划了一下。走了一大半路的时候，凤妹的脸、腿和脚，从开始感受到火热变成了疼痛，再从疼痛变成了麻木，最后连麻木都没有，自己不听自己的使唤，也不听别人的使唤。她终于体会到了她爸所说的那种比疼痛还要痛苦的感觉，就是一根头发的重量超过任何一棵大树，一只脚的重量超过任何一座大山,世界似乎颠倒过来了,路压在了她的身上,她被路压在了下边。

凤妹把木观音紧紧地捂在胸口,告诉自己这不仅是木观音,是救苦救难的菩萨,还是她妈,是她妈在给她打气。但是慢慢地,这种意志也失灵了,也不属于自己了。她掏出那瓶酒,真想把它打开,好好地喝几口,给自己注入一些力气,但是她看到酒就仿佛看到了她爸,她爸似乎一直被装在瓶子里,睁着一双眼睛绝望地看着她。

离县城还有三十里左右的时候,天果然黑了。雪还在下,越积越厚,并没有像凤妹想象的那样把天空映亮。雪反而被染过似的变成黑色的了,被雪覆盖的树木、石头和大地也变成黑色的了。凤妹不明白,她为什么不害怕白色的东西,不害怕发亮的东西,却害怕黑色的或者藏着的东西。它们一动不动,也一声不响,奇形怪状地站在那里,完全不像动物。再凶猛的动物,当她靠近的时候,它们都会逃跑,都会发出尖叫。

凤妹被这些黑色包围着,甚至被攻击着。她真想跑,但是没有力气;她真想放声大哭,但是哭不出声音。她尽量低着头只看地面,不看前后左右,不看远方和天空,一步一步地往前走。在一个拐弯处,她摔了一跤,爬起来的时候,才有胆量抬起头。突然,她恍惚间看到一团光,飘浮在不远的地方。

她揉了揉眼睛，以为是一只凶猛的动物，或者是恐怖故事里的一堆鬼火。

她不管那是什么，毕竟有了光亮，总比黑色要好，总比绝望要好，所以她不再恐惧，大声地喊道，请等等我啊。

她像飞蛾扑火一般不顾一切地扑过去，才发现是一辆手扶拖拉机，像一匹卧着的马静静地停在地上，上边挂着一盏马灯——在这个世上，她从来没有看到过这样的光，如果有天使的话，它应该就是天使的心脏，在黑暗中扑通扑通地跳跃着，任何人顺着这颗小小的心脏就可以通往另一个明亮的温暖的柔软的世界。

她望了一眼那盏马灯，禁不住哇的一声哭了起来。

拖拉机旁边蹲着一个人，他猛烈地吸了两口烟，火红的烟头照亮了他的脸。他戴着火车头帽子，看上去真像课本上的雷锋。火车头说，我都不哭，你为什么哭？凤妹说，我因为高兴才哭，你为什么要哭？火车头说，我是被你吓的。凤妹说，大人也这么胆小吗？火车头说，黑灯瞎火的，谁都会害怕的。凤妹说，大爷，你准备去哪里？火车头说，要叫就叫叔叔。我回县城，你呢？凤妹说，叔叔，我也去县城，你捎上我行吗？火车头说，你快上来吧。

凤妹爬上拖拉机，开心地说，我可没有钱给你啊。火车头说，你不给钱，我为什么拉你？凤妹说，因为我是孩子呀。火车头说，我为什么要拉孩子？凤妹说，不然，我被狼吃掉了怎么办？火车头说，那真有可能。凤妹说，你拉上我，你也有好处。火车头说，我有什么好处？凤妹说，第一，你也有伴了。火车头说，第二呢？凤妹说，关键时候，我可以帮忙推车。火车头说，第三呢？凤妹说，第三嘛，我可以替你保密。火车头说，我为什么要你保密？凤妹说，你拉的这些柴火是偷的吧？火车头嘿嘿地笑着说，你这丫头挺机灵的嘛，不过，也不算偷，应该叫拾吧？

火车头拿起摇把，把拖拉机发动起来，然后就突突地上路了。在爬另一座山的时候，拖拉机打滑了，火车头让凤妹拿起几根柴火帮忙垫在轮胎下边，于是就爬上去了。

最后一段路比较平坦，在晚上九点左右，拖拉机终于开进了县城。火车头把凤妹送到城东的酒厂门口，临走的时候问凤妹，你什么时候回去？凤妹说，你怎么知道我要回去？火车头说，你肯定不是县城人。凤妹说，我是大庙村的，来办一点年货，顺利的话明天中午回。火车头说，那明天中午我来这里接你。凤妹说，叔叔还要拾柴火吗？火车头说，这次啊，算是专门送你吧。

凤妹站在大街上，感激地看着拖拉机像一只甲壳虫，突突地消失在迷茫的夜色中。凤妹心想，毕竟是县城，确实热闹了不少，四处都是灯火通明，大街上人来人往，各种各样的店铺都还开着，播放着喜气洋洋的音乐，忙着在搞年终大促销。过年还有几天呢，不知道什么原因，有人已经开始燃放烟花,一朵朵烟花砰砰地炸开,把一大片天空都照亮了。

凤妹就在这烟花释放的光芒中瑟瑟发抖。

12

听到凤姐怀孕的消息,陈小元的心情复杂极了。他在回宿舍的公交车上一直在琢磨,凤姐肚子里的孩子到底是谁的?如果是乌里·希克的,为什么连自己的爸妈也要瞒着呢?这不正是凤妈希望的生米煮成熟饭的结果吗?如果是其他人的,凤姐为什么不尽早处理掉呢?她之所以含含糊糊的,难道连她自己也说不清楚,或者还有其他什么苦衷吗?

陈小元下了公交车,已经晚上十一点了,但是迷离的灯光像兴奋剂,把这座城市刺激得更加兴奋了。他还不想回去睡觉,就朝南随意地溜达着,竟然糊里糊涂地走到了陕西路和长乐路交叉口的第一妇幼医院。医院仍然灯火通明,丝毫不像半夜的样子,成群结队的人进进出出。少数的表情是凝重的,大部分的表情都很幸福,因为这里主要不是看病的地方,而是孕育生命、保护生命和迎接生命的地方。在这里遇到一个呕吐的人,也许是怀孕了,遇到一个流泪的人,也许是因为高兴和感动。

陈小元钻了进去,装模作样地看着墙上挂着的宣传资料。有一个长头发小伙子正在排队挂号,他一脸幸福地问陈小元,你也是带老婆来检查的吧?陈小元说,是啊。长头发说,你们怀上几个月了?陈小元说,我不知道呢。长头发说,你这老公不合格啊,你们同房的日期是什么时候,说出来我帮你算算吧。陈小元说,反正预产期是二月初。长头发说,我们同房日期是地球日,所以预产期也是二月初。陈小元说,你们同房日期是哪一天?!长头发说,四月二十二日,世界地球日呀,那几天你和老婆同房了吗?如果没有同房的话,那这孩子就危险了。陈小元说,怎么个危险法?长头发说,说明这孩子不是你的,对不起,算我瞎说啊。

陈小元一下子蒙了,惊慌失措地逃出了医院。

陈小元想,世界地球日,正好是公司举行环保骑行的日子,也正好是自己与凤姐喝醉之后发生意外的日子。他这方面的知识太贫乏,难道生孩子就这么容易?难道真像凤姐所说的,自己要做孩子她爸,而不是干爸?如果自己是孩子她爸,凤姐为什么要求他帮忙,而不是名正言顺地命令他?他掏出手机,真想明白地问问凤姐,到底谁是孩子他爸。最后,他还是难以开口,把话咽下去了。假设孩子是自己的怎么办,凤姐要和自己结婚吗?假设孩子不是自己的怎么办,凤姐和自己还能交往多久呢?

陈小元终于想明白一个道理,没有这个孩子的时候,他与凤姐是毫不相干的,甚至对她是有怨恨的。因为有了这个孩子,凤姐长在头顶上的眼睛才从九十度低垂下来,主动地找他，依赖他，信任他。如果不是信任他，谁会在他的面前哭哭啼啼地告诉他那么多秘密，而且求他做孩子暗地里的哪怕是名义上的爸爸呢？所以孩子到底是谁的已经不重要了，重要的是他和凤姐之间一下子有了关系，而且和血缘关系一样是轻易扯不断的。

  第二天上班的时候，陈小元又一脸尴尬地出现在公司里。大家以为他落下了什么东西，只有小胡子看出了他的心思，说你想通了对吧？陈小元说，我真是太丢脸了，我们都告别过了，你的眼泪都流过了。小胡子很高兴地说，我的眼泪算个屁呀，你不如将计就计，趁机提提要求。陈小元按照小胡子的叮嘱，不好意思地找到公司经理。公司经理呵呵一笑说，你们这些人，太不痛快了，有什么要求就明说嘛，非绕那么大个弯子。说什么厌烦了，说什么想家了，原来是想提高待遇对吧？那我给你每月涨一千块的基本工资，并且放你十几天的探亲假，报销来回的飞机票，让你在春节的时候回陕西老家好好地转上一圈。

  就这样，陈小元继续留在了华表公司。公司在玉佛寺的项目已经接近尾声，同时又接了另一项修缮工程，正好是常德路上的常德公寓。这是张爱玲旧居，虽然已经成为一个景点，但是仍然住着许多居民，因此墙壁和门窗受损十分严重，需要重新更换一下。也许是和凤姐的关系恢复如初，也许是迷恋过张爱玲或者王佳芝的原因，陈小元的情绪又高涨起来了，不仅干活的时候重新穿上了唐装，而且对木头又充满了深情，似乎他不是在打几扇简单的窗子和门，而是在给张爱玲或者王佳芝布置烛影摇红的洞房。

自从乌里·希克走后，就没有人开车接送凤姐了，她又开始挤公交车了。好在元旦过后，凤姐申请在家里上班，来公司的次数越来越少。

陈小元说，我要有驾照就好了，就可以像洋鬼子一样，天天开着你们家的奥迪接送你了。凤姐说，我看啊，你要是会开宇宙飞船就好了。陈小元说，你在笑话我对吗？凤姐说，不是我笑话你，是你依然那么天真，那辆车就算变成一堆废铁，我妈会让你碰一下吗？陈小元说，我只是想当司机。凤姐说，我再提醒你一次，千万别把你和我妈扯在一起。

陈小元每天晚上都要问凤姐第二天来不来上班，如果来上班，他一清早就会出门，坐着公交车去凤姐家的那一站等着，然后陪着凤姐回到公司。不过，为了掩人耳目，他会提前一站下车。下班的时候，等到凤姐坐上公交车之后，他才坐上同一线路的下一趟车，相差三五分钟地跟着。凤姐问，你那么折腾到底图什么呀？陈小元说是保护凤姐。凤姐说，我不需要保护。陈小元说，我保护孩子。凤姐说，隔一辆车，你怎么保护孩子？陈小元说，这样离你近一些，万一你出点什么事情，我可以及时赶过来。

正好有一次，下班的公交车太挤，不知道被谁撞了一下，凤姐身体突然出现异常，痛得冒了一身冷汗，只好中途下车了。陈小元及时赶上来叫了一辆出租车，把凤姐送到了第一妇幼医院。在挂完号候诊的时候，楼道里的队排得很长，他们前边有三十多个人，预计需要两个小时左右。凤姐说，肚子里刚才还是孙猴子拳打脚踢呢，现在怎么成了被打败的白骨精，一点动静都没有，是不是窒息了？陈小元根本不懂，一着急就挤进医生办公室，让医生帮忙插个队。医生一边低着头写病历一边慢腾腾地说，你挂的是什么号？陈小元说，急诊。医生说，急诊是干什么的？陈小元说，我不清楚。医生说，急诊急诊，来这里的谁不急呀？你要想插队可以，先征求其他人的意见吧。

陈小元真是火冒三丈，人命关天的事情在医生眼里怎么如此轻描淡写？他想冲过去给医生一拳头，最后忍了忍，像乞丐一样，拿着自己的挂号单，向排在前边的人一个个求情，请大家行行好，说胎儿都要窒息了，不抢救就来不及了。

大部分人低着头一言不发，少数人说自己也很急，孩子快要生下来了，反正没有一个同意的。陈小元说，如果孩子有个三长两短，我就活不成了。有人不屑一顾地说，你又没有怀孩子，和你有什么关系？陈小元说，这孩子他爸不在了。有人怀疑地说，难道你不是孩子他爸？陈小元说，你们看看我像孩子他爸吗？

大家看了看坐在远处的脸色苍白的凤姐，感觉他确实不太像人家的老公，倒像是危难之时出手相助的建筑工人。有一个老太太说，孩子她爸不在了是什么意思？是死了对吗？陈小元心想，那个人要是真的死了，也就好办了。他还不知道如何回答的时候，眼泪却哗哗地流了下来。排在中间的一个孕妇说，还是让他插队吧。排在后边的一个长头发男人说，凭什么？这个孕妇说，不管他是不是孩子他爸，就凭着他的眼泪！排在最前边的一个孕妇开始帮腔，说你们这帮男人，哪个是有心有肺的？谁和他一样急得直流眼泪，我就让谁插在我的前边。大家听了，都不好再反对了。

凤姐插队进入检查室的时候，陈小元站在门外焦急万分地等待着，很快传出一阵怦怦的声音，像一台挖掘机在空旷的原野进行施工。

陈小元紧张地问，这是什么声音？人家说，是心跳。陈小元说，谁的心跳？怎么声音这么大？人家说，是胎儿被放大的心跳声，说明孩子是平安的。陈小元说，好家伙，这么威武，我还以为是挖掘机呢。人家说，这下你放心了吧？

陈小元似乎听到了砰砰的敲门声——在只有他一个人的世界里，突然听到有人敲门，这让他激动不已，再一次流出了眼泪。

从医院出来，凤姐说，当着那么多人，你还真能哭。陈小元说，我哭了吗？凤姐说，眼泪哗哗的，不过挺管用的。

陈小元说，那不是我的眼泪，那是我的担心。陈小元确实很担心，当他听到孩子有危险的消息时，比听到自己得了绝症还要绝望。他怕这条小生命就此结束，那意味着他爸爸的身份从此终止，他和凤姐之间又要失去必然的联系了。

从此，无论是接送凤姐，还是独自坐车，陈小元的怀里不仅揣着酒，还提着牛奶、饼干或者水果。这是他给凤姐预备的，大部分没有机会交给凤姐，而是放在凤姐家的门口。不过，陈小元并不清楚，凤妈开门的时候看到这些东西，说来路不明的食品怎么好吃呢，于是就便宜了凤姐家养着的一条小狗。可惜小狗挑食，多数不合它的胃口，最后送给了打扫卫生的阿姨。

很快就到了春节前夕，凤姐在夜色迷离之中，又把陈小元叫到了徐记小厨。

凤姐一边吃饭一边问陈小元，你什么时候回家？陈小元说想在腊月二十左右回。凤姐说，既然公司报销，就坐飞机回去吧。陈小元说，我这个土农民也可以坐飞机？凤姐说，你是土农民，又不是畜生，畜生是不能坐飞机的。陈小元说，原来在大庙村，看到飞机指头蛋子那么大，总以为那是神仙坐的。凤姐说，神仙自己有翅膀，是不花那个冤枉钱的。

陈小元说，谢谢你。凤姐说，是谢谢孩子，都是肚子里的孩子给你带来的福气。陈小元说，估计这孩子是我的福星。凤姐说，所以你要对我更好一点。

陈小元说，怎么才算更好啊？

凤姐说，让我陪你回家。

陈小元十分吃惊地说，你陪我回陕西？！凤姐说，你不欢迎吗？陈小元说，热烈欢迎！不过，我们那里穷山恶水，而且家里长时间关着门，你这千金大小姐，恐怕吃住都不习惯。凤姐说，县城有宾馆吗？我们可以住在宾馆。陈小元说，这个办法好，只是你以什么身份跟我回去？凤姐说，你想我以什么身份回去？陈小元说，起码是朋友吧？凤姐说，孤男寡女的，人家信吗？你再想想。陈小元说，起码是女朋友吧？凤姐说，朋友与女朋友有差别吗？你再大胆地想想。陈小元说，顶多是情人，但是结婚以后才有资格当情人吧？凤姐说，你有点出息好不好！陈小元说，我的妈呀，难道是媳妇？凤姐说，不可以吗？你是做梦娶媳妇才来上海的。

陈小元说，我这乡下人，做做梦可以，在现实中是不配娶上海媳妇的。

凤姐说，有什么配不配的，我们去陕西领证吧。

陈小元说，什么证？

凤姐说，结婚证呀。

陈小元以为凤姐是开玩笑的。但是凤姐的解释是，预产期一天天临近了，她去医院预订床位的时候，人家告诉她，没有结婚证的话是不能接收的。陈小元说，不接收拉倒，去我们大庙村,我找个接生婆给你接生,送一双鞋就行,既省钱又省事。我当年出生的时候,还是我妈自己拿剪刀剪断脐带的。凤姐说,我是生孩子,又不是生猪,亏你想得出来!万一难产怎么办?万一大出血怎么办?不光是孩子的命,还有我的命呢!陈小元说,对不起,我就是开个玩笑。

凤姐说,没有结婚证的话,孩子生下来就没有出生证明,公安局不能上户口,以后上学念书都是问题。陈小元说,洋鬼子回去办一次丧事,怎么这么久还不回来?凤姐说,权当他死了!陈小元说,说不定他明天就回来了。凤姐说,不能再等了,你前边答应的做孩子他爸,还算数吧?陈小元说,当然算数,估计这是我上辈子修来的,或者是你们这辈子欠我的。凤姐说,百年修得同船渡,可惜我们上的是一条黑船。陈小元说,哪怕是泰坦尼克号,能和你结婚我也高兴。

凤姐说,不是结婚,只是领证,你懂吗?

陈小元说,我不懂。

凤姐说,结婚要生活在一起,是真正的夫妻,而我们不是夫妻。我给你举个例子吧,像你有了驾驶证,但是你没有车,也不能开车,这叫执证不上岗。陈小元说,我懂了。凤姐说,你愿意吗?

陈小元说,我愿意。

凤姐说,都是为了孩子,把孩子生下来,上完了户口,我们再离婚,你也愿意吗?

陈小元说,我不愿意的话,还像当爸爸的样子吗?

凤姐说,那赶快订机票吧,春运期间机票紧张,再晚就走不成了。

凤姐再次叮咛,回家呀,领证呀,生孩子呀,千万要注意保密,尤其在上海不能走漏任何风声。陈小元说,我知道了,这次牵扯的是三条人命。凤姐说,你说说哪三条人命?陈小元说,你,孩子,还有我。凤姐说,为什么还有你?陈小元说,如果风声传到你妈耳朵里,她一定会砍死我的。凤姐说,你终于开窍了。陈小元说,所以呀,老天爷问我,我也不会说的。凤姐说,小胡子问呢?陈小元说,小胡子是谁?我不认识他。凤姐说,平白无故地从天上掉下一个老婆和孩子,我怕你得意忘形。

凤姐告诉陈小元,为了更隐蔽一些,他们必须回陕西那里领证,领证要两个人的户口本,她的户口本被她妈给藏起来了,所以她只能带着复印件。凤姐吩咐说,你们小地方办事情不太严格,你想办法托托关系,让民政局的办事员通融一下。陈小元说,我一个农民哪有什么关系啊?凤姐说,你不是说,你的老太奶是贵妃娘娘的丫鬟吗?陈小元说,这都什么朝代了,哪里还有贵妃娘娘呀?何况当年的一个丫鬟,能有什么用啊?凤姐说,你一个大木匠,给我打的梳妆台真是一绝,就没有给当官的打过什么家具?陈小元说,现在大家连家具都不在乎,谁会记得一个木匠。凤姐说,请你打棺材的呢?陈小元说,都死了。凤姐说,我看你是不想帮忙。陈小元说,真是天地良心!外边那么多办假证的,我们办一张假证怎么样?反正我们又不是真的结婚,这样来回的路费都省下来了。凤姐说,如果办假证可以,我还求你干什么?那是违法你知道吗?万一被查出来,坐牢是小事情,孩子上不了户口,就耽误了一辈子。你再好好想想,七大姑八大姨的,能牵上线的话,我们送些礼就行了。

陈小元想了半天,说有一个远房的妹夫在县酒厂工作,到时候找他帮忙试试吧。

凤姐高兴地哭了起来,说这下踏实了,可以睡个好觉了。这段时间经常做梦,梦见自己生下来的,不是一个婴儿,而是一只乌鸦,黑乎乎地盘旋在头顶,哑哑地不祥地大叫着。陈小元说,上海没有乌鸦,你认识乌鸦吗?乌鸦,乌里,我看你是想洋鬼子了。凤姐说,什么乌七八糟的!我只是觉得奇怪,我好歹也算良家妇女,总做这种胎梦,也不正常吧?陈小元说,梦都是反的,你是一只凤凰,肯定能生出一只小凤凰。

凤姐说,你们属于哪个县?陈小元说,叫丹凤县。凤姐说,凤是怎么写的?陈小元说,和你的名字一样,凤凰的凤,有条街叫凤鸣街,有座山叫凤冠山。凤姐抚摸着肚子说,那这样吧,我已经照过B超了,怀着的是一个丫头,我给她起个名字,为了报答你,就叫她丹凤。陈小元说,丹凤朝阳,真好听。

凤姐说,而且跟你姓陈。

陈小元说,这是真的吗?!

凤姐说,当然是真的了。

陈小元说,哎呀呀,我以为要断子绝孙了呢,没有想到我老陈家竟然有后了!

陈小元围着凤姐转了几圈,一边搓着手一边"丹凤丹凤"地叫着。他一时高兴,从怀里取出那枚香楠木的观音吊牌,好好地挂在凤姐的脖子上。

凤姐说木观音是陈小元他们木匠世家的祖传之物,她这个未来的假媳妇是受之有愧的。陈小元说,你是我们陈家的大恩人,你好好地戴着它吧,它会保佑你的,起码可以保佑孩子。凤姐说,那就由我替孩子暂时保管着吧。

说来也是奇怪,凤姐戴上这枚木观音,就不再做噩梦了,即使再梦见生孩子,也不再是乌鸦,有时候是喜鹊,有时候是仙鹤,有时候是天鹅,有时候确实是凤凰。根据凤姐对凤凰的描述,陈小元感觉应该就是大庙村的锦鸡。

陈小元和凤姐在腊月中旬,坐着飞机先到西安,在西安无心游玩,直接转车回到了丹凤县城,提着大白兔奶糖、桂花糕和石库门老酒去酒厂找到那位妹夫。他说两个人从上海走得急,把凤姐的户口本原件落下了,想请他疏通一下关系。妹夫说，你们的运气真是太好了，我姨妈正好在民政局财务科，所以你们就放心吧。妹夫本来要请陈小元他们吃顿饭，但是凤姐说自己没有胃口，而且急着赶路呢。妹夫也就不客气了，立即给姨妈打了个电话。姨妈是民政局的财神爷，给办证人员打过一番招呼之后，手续办得十分顺利，花费不到两个小时，拍照片，填表格，最后领到了两张红色的结婚证。

办完结婚证的时候，帮忙打招呼的姨妈好奇地问凤姐，你真是上海人？凤姐说，是啊。姨妈说，你们为什么不在上海领证呢？凤姐说，原来不懂。姨妈说，你怀孕了吧？凤姐不好意思地点点头。姨妈说，怎么一点也不显怀，以后给孩子上户口的时候，可别忘记随着你，落一个上海户口。上海户口太值钱了，我们有个朋友家的孩子在那边上大学，都是研究生毕业呢，还达不到落户条件。听说不是上海人，不仅要遭到排挤，连上厕所进公园，待遇都是不一样的。凤姐说，虽然没有那么夸张，不过有了上海户口，上学呀干什么的，比外地人方便多了。

姨妈又问陈小元，你是大庙村的？陈小元说，是的。姨妈说，你太有本事了，是怎么把人家上海的千金大小姐哄到手的？陈小元说，这得问她。凤姐说，他是大木匠，在上海可吃香了，你们没有见过他打的家具吗？姨妈说，如今都是买家具，世上还有木匠吗？

陈小元和凤姐都笑了笑，不再吱声了。

那天晚上，陈小元找到一家饭馆，说不管怎么样，也算是结婚，要简单庆祝一下。但是两个人心情复杂，在桌子前只是默默地坐着，都不知道说什么好。陈小元吃了一碗烩面片，凤姐不习惯面食，要吃米饭，等米饭端上来，她尝了几粒，说硬邦邦的。陈小元说，是不是没有蒸熟？再给你放在微波炉里转转吧。凤姐说，北方的水土不好，生产的大米就不好，我们家从来不吃北方大米，只吃江南水乡的大米，尤其是崇明的大米，蒸出来黏糊糊的，吃起来软乎乎的，多合胃口啊。

陈小元又一次意识到他们之间的差别。在陕西人眼里，北方温差大，光照充分，庄稼生长期长，所以都觉得北方大米好吃，没有想到在人家上海人眼里却变成了缺点。

陈小元吩咐饭馆重新上了一碗皮蛋瘦肉粥，凤姐对着闻了闻，却皱着眉头说，怎么有一股霉味？陈小元拉过去尝了一口说，估计是皮蛋的味道，你将就将就吧。凤姐最后还是不放心这里的卫生，把碗朝旁边一推，泪眼汪汪地看着天花板，什么也没有吃就回宾馆休息了。

回到宾馆，凤姐又说，这么荒凉的小地方，晚上会不会有强盗呀？陈小元说，好歹是个县城，有两三万人呢，而且到处都是灯火，我觉得挺热闹的，也不像上海那么乱，这里民风淳朴，夜不闭户，连小偷都没有。凤姐说，还没有我们小区人多，充其量算个乡村小镇。没有小偷，那野兽呢？陈小元说，这里山大林深，野兽是少不了的，你猜猜都有什么吧。凤姐说，兔子。陈小元说，如果发现兔子，我们就可以烤肉吃了。凤姐说，狐狸。陈小元说，如果发现狐狸，你就交桃花运了。凤姐说，大熊猫。陈小元说，如果有大熊猫，你就带回上海当宠物。凤姐说，难道有老虎吗？陈小元说，你想得真美！如果你发现老虎，政府会奖励你的，你就发财了。凤姐说，我猜不出来。陈小元说，如果有人上门找你，那肯定是老鼠。

凤姐说，我最讨厌老鼠了，上海是没有老鼠的。

陈小元说，上海怎么没有老鼠？公司宿舍里那么多，经常咬我的脚后跟。

凤姐说，你是不是搞错了？陈小元说，或许吧，不过我要告诉你，我们这里最多的是鬼，半夜三更百分之百是要来敲门的。凤姐说，你别吓唬我！

凤姐本想着登记两间房分开住的，后来一害怕就只要了一间。两个人，两张床，陈小元面对着墙侧身而睡，真是思绪万千。他无数次地设想过自己的婚姻，也无数次地想象过新婚之夜，即使不能在国际会议中心那样的地方风风光光的，起码可以按照农村的习俗，抬嫁妆，摆酒席，拜天地，入洞房，闹洞房……但是如今竟然落到不清不白的地步，还不如小孩子过家家呢。

凤姐半夜也没有睡着,屋里黑灯瞎火的,她说,你不高兴对吧?陈小元说,没有。凤姐说,你觉得我在利用你对吗?陈小元说,哪里的话。凤姐说,你帮我,就是在帮孩子,如果孩子成了黑户,多可怜啊。陈小元说,我知道。凤姐说,你过来。陈小元说,我过来干什么?凤姐说,你说夫妻之间还能干什么?陈小元说,我们不是夫妻。凤姐说,其实吧,结婚证是真的,即使是名义上的,也算是合法的。陈小元说,再合法,这个时候,也不能乱折腾。

陈小元正说着呢,凤姐就抚摸着肚子说,小家伙在里边翻江倒海,妈呀,痛死我了。陈小元说,估计是饿的,你想吃什么,我给你买去。凤姐说,县城哪有什么吃的。陈小元说,我还是出去看看吧。凤姐说,又黑又冷,还是算了。陈小元看着凤姐那么痛苦,手足无措地坐在旁边,说我吹口哨给你听吧?他就吹了一段《梁山伯与祝英台》。凤姐摇摇头说,这么难听,越听越难受。陈小元说,我唱老戏给你听吧?他就哼了一段《天仙配》。凤姐摆摆手说,这么幼稚,小心把鬼招来了。陈小元当木匠的时候喜欢吹口哨,也喜欢哼几句黄梅戏,每次口哨一吹老戏一哼,他的心情就特别好。但是如今在凤姐面前却起了相反的效果,他感觉又内疚又无奈,只好静静地守了一夜,听着凤姐发出均匀的呼吸声。

第二天,陈小元兴冲冲地带着凤姐,想去周围的几个地方转转。但是，凤姐说自己身子重，又没有一点精神，而且陈小元在县城上过几年学，遇到老师和同学怎么解释？陈小元说，在学校时自己就默默无闻的，加上时间长了，又有凤姐相伴，即使恰好碰到一起，人家做梦也不会联想到是他的。

陈小元指着县城北面的那座山说，这就是凤冠山，我们丹凤县的名字就是这样得来的，你看看像不像张开两只翅膀要飞的凤凰？凤姐说，你见过凤凰吗？陈小元说，我遇见了你，你不就是凤凰吗？凤姐说，要我说啊，这座山倒像一只麻雀，你们应该叫麻雀县。陈小元说，上边有十二个石洞，洞洞都有神仙。凤姐顶了一句说，要我看啊，住在山洞里的神仙也没什么了不起的，你在静安寺和玉佛寺都干过活，你看看人家入住的地方多气派，佛塔都是镀金的，把天都要戳破了。

陈小元只好打消登山的念头，又来到县城南边的船帮会馆。陈小元也是第一次进去参观，他摸着那些雕梁画栋兴奋地说，竟然是清朝建起来的，你看看漂亮吧？凤姐说，再漂亮，和豫园一比，就是孙子。陈小元说，这里曾经是水旱码头，大老板们在这里下了船，住一晚上，听听戏，喝喝酒，吃吃饭，再换乘马车前往长安。凤姐又顶了一句说，长安在哪里，在美国吗？

陈小元在黄昏的时候，带着凤姐去丹江边散步，说这些水一直流下去就能到上海，平时是可以坐船漂流的。凤姐说，这么一条小河沟，水就膝盖那么深，能漂流？陈小元说，这是冬天，在夏天是深不见底的。凤姐还是顶了一句说，有黄浦江深吗？

陈小元沮丧极了，记得凤姐带着他逛上海的时候，他满眼都是欣赏，都是羡慕，都是惊叹，而且她在上海的时候，似乎并没有如此刻薄。没有想到自己的家乡，在凤姐眼里竟然一无是处。陈小元有些生气，但是也可以理解，人家上海本来就是国际化大都市，是万里长江的入海口，两千万人住在半空中，离天堂是最近的。何况凤姐这只高傲的凤凰，如今婚姻陷入绝境，肚子里的孩子又不明不白，哪里还有什么心情看风景呢？

凤姐对山里的气候和生活都不习惯，每天只喝一点牛奶和两碗鸡汤，加上妊娠反应越来越厉害，什么不吃也吐得哇哇大叫，还时不时地感冒发烧。所以在大年三十前几天，陈小元主动收拾好行李说，你还是回去吧。凤姐说，我怎么回去？陈小元说，飞机票和火车票都没有了，你得坐大巴。凤姐说，你怎么办？陈小元说，我得回大庙村过年。凤姐说，我挺着大肚子，你也放心吗？陈小元说，不放心。凤姐说，所以你得送我。

那年冬季，周围几个县大旱，老天爷也像过家家似的，北风呼呼地刮了几个月，就是不见一片雪花，大家都说这是大灾大难的兆头。离开之前,凤姐说,山路十八弯,孩子经不起颠簸,而且这个时候最好不要太招摇,他们之间的事情知道的人越少越好。于是,陈小元一个人回了一趟大庙村。

陈小元跪在他爸他妈坟头上烧了点纸,汇报了自己在上海的情况,说自己依然在当木匠,这次是给寺庙的菩萨干活,那座寺庙也叫静安寺,不过人家那座静安寺位于繁华地段,前边有一条马路叫南京路,有几丈宽,车水马龙。寺庙建得十分气派,寺里的菩萨是镀金的,有两丈多高,仰头都看不到顶,昼夜不停地有人去烧香,香火旺极了。如果不是大慈大悲的菩萨,准确地说,如果不是上海收留了他,他们的木匠手艺就传不下去了。他没有好意思告诉他爸他妈,他这次是回来领结婚证的,结婚的对象叫凤姐,是地地道道的上海人,而且已经怀孕了,肚子里的孩子将会姓陈,名字叫陈丹凤,所以老陈家不会绝后了。

上完坟,陈小元又在大门上贴了一副对联,等村里的老席、老汪发现的时候,陈小元已经锁上门悄悄地走了。

13

陈小元陪着凤姐回到上海已是小年夜了。

上海从来没有这样安静过,不仅拥挤不堪的场面不见了,而且显得有一些清冷和凄凉。陈小元把凤姐送到小区外边，问大年三十怎么过？凤姐说，看联欢晚会。陈小元说，我是说我们能不能一起？凤姐说，当然不行了。陈小元说，我们都结婚了，有什么不行的？凤姐一听，十分生气又十分害怕地说，谁和你结婚了？！你答应过我，这话对老天爷也不会说，我们的事情一旦传到社会上，尤其让我妈听见了，后果是什么我已经说得很清楚了。

凤姐说完，做贼心虚地溜进小区不见了。

陈小元尴尬地对着她的背影说，我就是开个玩笑而已。

公司又全部放假了，小胡子也回河南老家了。大年三十晚上，陈小元和从前一样，怀里揣着一瓶酒，坐着公交车向凤姐家赶去，21路公交车几乎成了他的专车。半路又上来一个乘客，大冬天竟然光着膀子，坐在最后一排哼着老戏，竟然也是黄梅戏《天仙配》。

司机悄悄地说，你认识他吗？陈小元说，不认识。司机说，人家原来是歌星，经常上电视的。陈小元说，这么厉害？司机说，可惜后来被骗了。陈小元说，被谁骗了？司机说，被老婆骗了，老婆卷着他的钱和一个小日本私奔了。那个小日本我也见过，和你长得挺像的，你不是小日本吧？陈小元说，我是小日本他祖宗！他应该提着刀去日本找他们。司机说，他确实提着刀追到了日本，也不知道发生了什么，回来之后人就疯了。

陈小元的情绪有些低落。无论如何是在过年，下了车，他想去徐记小厨吃一碗面条，但是这个春节人家关门了，上边贴着一张告示，说正月初六恢复营业。陈小元在周围找了半天，再没有什么合适的饭馆，就干脆回到小河边，坐在条椅上一边喝酒一边看着凤姐家的窗户发呆。

当一簇簇喜庆的烟花把上海的天空彻底照亮的时候，陈小元的肚子竟然咕咕直叫，这种落差让他意识到自己的处境。他在上海不是第一次过年，以往感觉仅仅有些孤单，但是这一次却感觉有些凄凉和悲哀。这种情绪是由凤姐和她肚子里的孩子产生的，因为原来他只有一个人，现在他有了凤姐和凤姐肚子里的孩子。虽然从本质意义上说凤姐和孩子是不属于他的，但是他和她毕竟已经登记结婚，是合法的夫妻关系，他是有权利和她待在一起，吃饭、放烟花、看春节联欢晚会的。他和她虽然谈不上相亲相爱，却也是无冤无仇，到底是谁剥夺了他的权利，让他和她仅仅隔着一条河，隔着不到一百米，隔着一扇窗户，却又不能团圆呢。

陈小元拿起手机不停地发信息问凤姐，你吃了吗？晚上吃的什么？你身体怎么样？小家伙乖不乖？有没有人给你发红包？

但是一直没有回音。谁家的自鸣钟当当地响了，也可能是几公里之外的外滩海关大楼，因为隐隐地可以听见"东方红太阳升"的旋律。他仔细地数了数，整整响了十二下，说明已经迎来新年。他已经提前编好信息，在新年到来前的最

后一秒发送出去，大意是祝大凤凰快快乐乐，祝小凤凰快快长大。他甚至在脑海里想象着小家伙长大之后喊他爸爸的样子，这对他是一种安慰，也是一种鼓励。所以他忍不住拨打了电话，但是提示音是"您拨打的电话已关机"。

陈小元有些担心，在这么欢乐的节日里，凤姐为什么如此安静呢？

直到凌晨两点，新年已经过去两个小时，凤姐才躲在被窝里鬼鬼祟祟地回消息说，有人一直在审问她。陈小元说，大过年的，谁呀？凤姐说，还有谁？我妈那个警察。陈小元说，你又不是犯人。凤姐说，昨天你送我，我妈从外边回来，远远地正好看见你了，她冲上来的时候，你已经走了，幸亏没有被她抓住。陈小元说，不然会怎么样？凤姐说，不然她会扇你两个耳光。陈小元说，让她扇好了。凤姐说，你这么想，不丢人吗？

陈小元说，被丈母娘打，尤其被上海丈母娘打，那应该是一种荣幸吧？凤姐说，荣幸你个头！她肯定会当着邻居的面，赖在地上打滚，反告你一状。陈小元说，告我拐卖她的宝贝千金？凤姐说，你太小看她了，她会抓伤自己的手臂，甚至会弄破自己的鼻子，说你打她，然后报警，让警察把你抓起来，搞不好你是要坐牢的，上海有个相声演员就是这样进去的。陈小元说，我不信。凤姐说，不信拉倒！她曾经就这么干过，在我上高中的时候。陈小元说，你在高中就恋爱了，和谁啊？凤姐说，你还是管好你自己吧！陈小元说，我吃饱了全家不饿，有什么好担心的？

凤姐说，现在不比以前了，你有点责任心好不？我妈这两天连续审问，我实在受不了，已经招了。

陈小元说，什么？都招了？！

凤姐说，这次去陕西登记，我哪里敢招啊！我从头到尾都说出差去了，我妈不相信，打电话给公司还不放心，又亲自跑到公司去询问。好在我提前给公司打过招呼，不然我们就穿帮了。陈小元说，那你招什么了？凤姐说，怀孕我招了。陈小元说，你怀孕了，你妈应该高兴吧？凤姐说，如果不是出了意外，她会绕着小区敲锣打鼓的，恨不得在电线杆上贴一则广告，宣布她要当外婆了，重点要昭告天下，她是瑞士人的外婆。

陈小元说，你这么讽刺你妈，太夸张了。凤姐说，我哪里是讽刺她，她指着鼻子骂我，说我还不如小狗，一旦有风吹草动，她养的小狗还会汪汪几声。怀孕这么大的事情，我竟然躺在床上装病，把她这个当妈的哄得团团转。陈小元说，你确实隐瞒得太严了，她对孩子有什么打算吗？

凤姐说，她说取消婚礼已经让人说三道四了，如今又突然冒出个孩子，乌里·希克回来还好，万一不回来了，她的老脸往哪里搁啊？我爸上前劝她，还没有开口呢，她就指着我爸鼻子一顿臭骂，说我爸整天端饭倒水地伺候我，分明是跟我串通好的。陈小元说，谁让她逼你，还把你反锁在房子里。凤姐说，是啊，我就这么嘟囔了一句，她竟然坐在地板上又哭又闹，要求我马上去医院。陈小元说，去医院干什么？凤姐说，去引产。陈小元说，这不是杀人吗？

凤姐说，比杀人还可恶！我说孩子这么大了，是没有办法做手术的。她说怎么没有办法做手术，打一针药水下去就行了。我说这太造孽了吧？她说反正两条路，第一条路是去医院，让医院给做手术；另一条路更简单，恶人就由她来当。陈小元说，她想怎么样？凤姐说，她让选择，我说没有什么好选择的，这两条路都是把我往死路上逼，最后你知道她干什么了吗？陈小元说，她干什么了？凤姐说，她提起一只高跟鞋，朝着我的肚子打过来，如果不是我躲得快，孩子已经不在了。

陈小元说，她心太狠了。

凤姐说，都是那王八蛋给害的！

陈小元说，关于孩子她爸呢，她问了吗？凤姐说，当然问了，不管孩子是谁的，以后叫谁爸爸，我必须把乌里·希克搬出来，我说乌里·希克打电话来了，听说怀孕的消息之后非常高兴，春节之后就回来准备结婚。我妈这才稍微安静一点，说预订的婚宴已经退掉了，一时去哪里订那么高档的酒店？我说到时候带着她和我爸直接去瑞士，在瑞士领证、办婚礼、生孩子、上户口，全部一条龙。我妈立即兴奋起来，说她还没有出过国呢，趁着机会好好看看人家的月亮到底有多圆。我告诉她，瑞士有个莱蒙湖，那里的水特别清，可以潜入湖底看月亮。

陈小元说，真联系上乌里·希克了吗？凤姐说，我骗她的，不这样说，是过不了关的。不过我妈也不是好骗的，她说如果我骗她，或者乌里·希克骗我，怎么办？所以还是坚持要去医院，不管怎么样先把孩子引掉，等乌里·希克回来了，再怀孕不是分分钟的事情吗？我说把孩子打掉的话，不好给那王八蛋交差，这毕竟是他的血脉，他一生气连婚都不结了，那就糟糕了。现在才怀上四个多月，再等一段时间，如果他还不回来，再去医院也不迟。陈小元说，怎么是四个月？预产期不是二月初吗？

凤姐说，这也是骗她的。

陈小元说，这样骗下去也不是办法。

凤姐说，只能混到把孩子偷偷生下来再说吧。

陈小元说，这是对的，等孩子生下来就好办了。

凤姐说，好在我爸替我帮腔，说今天大过年的，医院都放假休息了，起码先过完年再说。就这样，我妈才暂时放过了我，不过被气得够呛，连年夜饭都没有烧。我爸要下厨炒几个菜，竟然被她给阻止了，说家里发生了这么大的事，你还有脸吃饭过年啊？她自己端出中午的剩饭，用开水泡泡吃掉了，却不顾我们的死活。现在啊，我都快饿死了。

凤姐发来一串流泪的表情符号。

陈小元说，别哭，你想吃什么？凤姐说，什么都不想吃，就想吃草莓。陈小元说，大冬天有草莓吗？凤姐说，我不管。

陈小元显得十分茫然，他平时很少吃水果，更别说吃草莓了。他根本不清楚哪里会卖草莓，甚至怀疑冬天长不长草莓，而且现在是大年三十，准确地说是大年初一凌晨两点多。

陈小元顺着小区外边的几条街道使劲地搜寻着，大部分门都关着，偶尔有几家开着的，要么是药店，要么是医院，要么是派出所。只有这些地方依然忙忙碌碌，因为疾病和罪恶永远是不挑时间的。

陈小元进入一家药店，看客人源源不断，有来买醒酒药的，有来买消食片的，有来买创可贴的。他不好意思地买了一盒感冒灵，问人家哪里有水果店，家里有孕妇突然想吃草莓。陈小元走进派出所，看到警察进进出出，有在调解邻里纠纷的，有去侦查车祸现场的。他不好意思地问某某弄某某里怎么走，说自己出来买草莓迷路了。他问了好几家，人家的回答都一样，想吃草莓估计要等到元宵节后，而且这个季节的草莓是反季的。

陈小元也不知道走了多远，终于看到一家黑咕隆咚的水果店。他顾不得什么，啪啪地拍着门，心想有人就好，如果没有人，他就把门撬开。这时，里边的灯亮了。有个女的问，你谁呀？陈小元说，买水果的。有个男的说，明天吧，我们都睡了。那女的说，大年初一买什么水果！陈小元说，正因为大年初一，你把水果卖给我是多好的兆头，你的生意一年都会红红火火的。那男的说，你要什么水果？陈小元说，我要草莓。那女的说，你老婆是不是怀孕了？

水果店的门吱咛一声开了。陈小元真不敢相信，在这么冷的冬天，竟然还有草莓，而且是新鲜诱人的，像一颗颗小小的心脏，红里透白，还有绿色的叶片衬托着。陈小元感觉这像是假的，老板说是在温室栽培的。这年代，人都上太空了，冬天生产水果有什么好稀奇的。陈小元拿了一颗放在嘴里尝了尝，发现嫩嫩滑滑、酸酸甜甜的，口味确实不错。

陈小元带着一盒草莓来到凤姐家门口，他不敢敲门，也不敢出声，只好发了一条信息，说是草莓买到了。凤姐说，你还真买到草莓了？你会不会是骗我吧？陈小元说，你敢骗你妈，我可不敢骗你。凤姐说，我严重怀疑你是不是认识草莓，你说说草莓是什么颜色的？陈小元说，是红里透白的。凤姐说，有多大？陈小元说，核桃那么大。凤姐说，是软的还是硬的？陈小元说，不软也不硬。凤姐说，是什么形状？陈小元说，是心形的，你不会以为我是傻瓜吧？你别啰唆了，赶紧把门开开，自己看看就知道了。凤姐说，你让我开门？你现在在门外？陈小元说，是啊，你赶紧开门吧。凤姐说，你要不是傻瓜，就赶紧给我走开！你想想我怎么敢开门啊？门吱咛一声开了，我就死定了！

陈小元说，那怎么办？我放在门外边行吗？凤姐说，放在门外边，明天早上被我妈发现，又要用来喂小狗了，而且再让她起了疑心，我就彻底完蛋了。

上天造房子的时候，已经想到了这样的结果，所以除了安着门还留着窗子。

陈小元想到了凤姐家的窗户，于是出了大门绕到小区西边。小区西边是他熟悉的那条小河，小河紧临着一条马路，马路是由南朝北单向通行的，马路那边是小区的围墙，围墙里边紧贴着墙有一棵高大的梧桐树，树枝伸向了凤姐家的窗口。

凤姐家住在三层，窗台还没有树高，陈小元使劲一蹿就爬上了围墙，顺着围墙直接就爬上了梧桐树，从梧桐树很容易就爬上了窗台。

凤姐十分感动，但是害怕极了。她也不敢开窗子，也不敢出声说话，担心地发信息说，你不要命了吗？从树上掉下去怎么办？关键是我妈就在隔壁，估计还在磨刀子呢。陈小元说，她磨刀子干什么？凤姐说，当然是杀人，你以为她会切菜给我做饭吃啊？陈小元说，她在哪里磨刀子？凤姐说，在心里磨刀子。陈小元说，估计她心里的气已经消了，隔壁灭灯了，应该睡着了。凤姐说，即使她睡着了，还有我爸呢,刚刚还听到我爸使劲地咳嗽,而且还有邻居,被他们看到了,嚷嚷起来怎么办?

陈小元说,现在都几点了,万一有人看到了,你就说我是小偷,喊大家抓小偷,这样就和你没有关系了。

陈小元终于把草莓从窗口递给了凤姐,他说,你把我当成一颗草莓放进去行吗?

凤姐说,你是草莓吗?你和草寇差不多了!你没有看到钢筋吗?

陈小元不屑一顾,两只手抓住钢筋使劲一抻,就把防护网拉出一条一人宽的缝隙,再使劲一挤,又恢复了原样。但是凤姐拦住他说,你赶紧走吧,真是太危险了。陈小元说,我想看看你。凤姐说,你已经看到我了。陈小元说,我想看看孩子。凤姐说,孩子在肚子里。陈小元说,今天过年呢,我想看看春节联欢晚会。凤姐说,晚会已经散场了,而且我房间根本没有电视。陈小元说,那我看看天花板。凤姐捂着肚子说,我又开始反胃了,你就别啰唆了。

凤姐把窗户轻轻地关上了。

两个人虽然隔着一层玻璃,但是在夜色的作用下,玻璃不再是透明的,像一面诡异的镜子,让陈小元无法看清那一边的凤姐,反而看到了这一边的自己。

陈小元在梧桐树上又坐了一会儿,天就开始泛白了,小麻雀就开始叽叽喳喳地叫了。

第二天，正月初一晚上，陈小元在坐着公交车赶往凤姐家的路上发了一条信息，问凤姐怎么样。凤姐说进入冷战时期，她妈把她当成了空气。陈小元说，空气就空气吧，大家看似不在乎空气，其实谁也离不开空气。凤姐说，你这农民倒是想得挺开的。陈小元说，你还想吃草莓吗？凤姐说，草莓有什么吃头，真是酸掉了大牙，要是现在有一个大比萨，加上一些番茄酱就好了。

陈小元从来没有吃过比萨，不知道哪里有比萨。他顺着昨天那条大街搜寻了两遍，找到了一家必胜客，也找到了一家棒约翰。根据外边的广告招牌，他知道这些地方是有比萨的，但是两家门店都没有营业，连值守的保安也没有。他又找了几家快餐厅，比如肯德基和麦当劳。人家倒是正常开门的，估计营业员有些无聊，说，正月初一呢，你吃比萨不吉利的，我给你讲个故事吧。当时有个洋鬼子，想学中国人做大饼，最后失败了，比萨就是失败的产物。而且你听听，比萨，听上去像不像披头散发？所以啊，要想图个吉利，我强烈建议你吃汉堡。陈小元说，为了推销汉堡，你真够卖力的，但是我还是想吃比萨，你帮我做一个比萨行吗？营业员说，不行。陈小元说，为什么？营业员说，我们不会。

直到凌晨两点，陈小元很沮丧地告诉凤姐，自己没有买到比萨，不过比萨和大饼差不多，他烙大饼的手艺称得上一绝，可以去她家亲自给她露一手。

凤姐恐怕睡着了,半天没有回复他。他先是爬上梧桐树静静地坐了一会儿,然后回到小河边躺着喝酒,又到天空泛白的时候,才坐着首班车回宿舍睡觉去了。

14

凤妹咣咣敲了半天,才发现酒厂的大门是锁着的。有位大爷告诉她,人家已经放假了,即使不放假,这是下班时间,也不可能住在酒厂。经过大爷的指点,凤妹在不远处的巷子里,找到了姑妈家开的店铺。姑妈家的店铺已经不卖酒了,变成了一家饭馆,早上卖包子馒头,下午和晚上卖面条和米线。

姑妈说,你是谁呀?凤妹说,我是你侄女。姑妈说,我不认识你。凤妹说,我姑父呢?他应该认识我。姑妈说,他回老家去了,你找他干什么?凤妹说,我是凤妹,我来看看你们。姑妈说,你就是凤妹呀,你爸怎么样了?凤妹说,不怎么样。姑妈说,所以你来看我们是假的。凤妹明白,她爸曾经托人赊过不少酒,至今一分钱没有还,姑妈还在生气。

凤妹说,我会把欠你们的钱还给你们的,姑妈你还要再帮帮我们。姑妈说,这一回,我们恐怕帮不了你了,原来开着烟酒副食店,你爸随便搬几箱子酒喝喝还行,现在我们开的是饭馆,喝面汤还差不多。

凤妹从书包里掏出被冻得硬邦邦的锅盔,笑着说,我好饿啊,那就先给我一碗面汤吧。姑妈说,我想起来了,班车停运了,你是走过来的?凤妹说,是啊,所以一天没有吃饭。姑妈说,你走了七十里?凤妹说,差不多吧。我表哥呢?姑妈说,你说的是大鹏吧?他上补习班去了,你和他差不多大,下学期也要上初一了吧?凤妹说,都在县城中学,不过我要退学了。姑妈说,为什么?小小年纪,不念书怎么行啊!凤妹说,我要照顾我爸,从今年冬天开始,我爸的病越来越重了。

饭馆已经打烊,没有一个客人,姑妈看凤妹怪可怜的,就给她煮了一碗面条,又生了一炉旺火。凤妹正吃着,大鹏背着书包,从补习班回来了,说凤妹你怎么来了?凤妹说,我来看看你。大鹏说,你为什么看我?凤妹说,你是我表哥,而且我们还是同桌。大鹏说,下学期我们继续当同桌怎么样?凤妹,下学期再说吧。

姑妈收拾完碗筷,自己先睡觉去了,叮嘱两个孩子不要聊得太晚。凤妹就把自己怎么来县城,来县城干什么,全部说出来了。大鹏佩服地说,你太厉害了。凤妹说,所以你得帮帮我。大鹏说,我爸已经下岗了,酒厂几年前就倒闭了。凤妹一听,再想想一路上的经历,不禁哇哇地哭了起来。大鹏说,你别哭呀,酒厂虽然倒闭了,但是还在转产酒精。凤妹说,酒精是酒吗?大鹏说,狐狸成精了叫什么?凤妹说,叫狐狸精,更厉害了。大鹏说,所以啊,酒成精了就叫酒精,一瓶可以顶两瓶。凤妹说,酒精放在什么地方?大鹏说,在隔壁。凤妹说,是酒厂对吗?人家说酒厂放假了。大鹏说,放假了怕什么,我爸有钥匙。凤妹说,关键是你爸不在家。大鹏说,我在家就行了,我知道钥匙在哪里。凤妹一下子笑了,开心地说,真是太好了!你一定要帮帮我。大鹏说,我当然要帮你,谁让我是你表哥又是你同桌呢。不过你怎么谢我?凤妹说,如果我们继续做同桌,我就继续让你抄作业。大鹏说,作业有什么好抄的。凤妹说,我给你买糖果。大鹏说,我不吃糖果。

凤妹说,我知道,你喜欢我的木观音,我借给你戴一晚上行吗?

大鹏说,不行。

凤妹说,你想怎么样?

大鹏红着脸,悄悄地对着凤妹的耳朵说,你的脸真好看,我想……我想……亲一口。

在大庙村上学的时候,大鹏就对着凤妹说,她的脸红扑扑的,像天边的火烧云,他想咬一口。凤妹说,你再这样,我就告诉老师。大鹏说,我不怕老师。凤妹说,我告诉你外婆,让你外婆打你屁股。当时大鹏是寄宿在外婆家的,他最怕的就是外婆,外婆打屁股的时候用的是带刺的树枝。

凤妹说,你弄到酒,我就答应你。大鹏说,你不准反悔。凤妹说，必须是今天晚上，过期作废。大鹏说，你放心好了。

两个小孩子嘀嘀咕咕了半天，按照商定好的时间，各自假装着睡了一会儿，然后偷偷地爬下床，像猫一样溜出了门。

大鹏带着凤妹绕到酒厂背后，把围墙下边的荒草一扒拉，竟然露出一个洞，轻轻松松就钻进去了。大鹏经常去酒厂玩，对里边的情况十分熟悉，所以很快就找到了库房，然后又拿出了一把钥匙。这是他爸留下来的，他爸一直都是酒厂的保管员，在酒厂没有改产之前，也会带着这把钥匙来库房偷一些酒回去，放在他妈的烟酒副食店里销售。

当他们进入库房的时候，凤妹借着门外暗淡的灯光，看到好多一人多高的酒桶，十分吃惊地问，这是什么？大鹏说，你猜猜吧。凤妹说，里边都是酒？大鹏说，是啊，而且这些酒都修炼成了狐狸精。

凤妹抬起头，呆呆地仰望着这些庞然大物，像看着一尊尊佛像那样充满着敬意。她掏出木观音，双手合十地捧着，跪在地上开始磕头。

大鹏笑着说，这又不是佛像，你磕什么头啊？

凤妹说，能救我爸的就都是佛。

大鹏拿出两个白色塑料壶，满满地灌了两壶。凤妹不甘心，说太少了。大鹏说，你不要太贪，太多了带不回去。只要钥匙在我们手上,就意味着这些酒都是我们的,不过是先寄存在这里而已。凤妹听了,高兴地闭上了眼睛,把一张天真的脸递给大鹏。大鹏说,你这是干什么?凤妹说,我们说好的。大鹏说,你真答应我?凤妹说,我说话算数。大鹏呵呵地笑着说,也先寄存在你这里吧。

凤妹说,寄存到什么时候?

大鹏说,等你长大了的时候。

凤妹说,什么时候才算长大了?

大鹏说,可以出嫁的时候。

凤妹说,表哥真好。

凤妹无比幸福地笑着。她看着面前这么多酒,即使不停地喝下去,应该也能喝十年、二十年,甚至一百年,所以,她的心里从来没有这么踏实过。

从酒厂出来,正好经过县城中学的大门,凤妹问能不能进去玩玩。大鹏说白天是对外开放的,现在是进不去了,不过他有办法。凤姐说,你也有钥匙吗?大鹏说,我爸又不是校长。

大鹏说着话,一下子爬上了大铁门,说我们可以翻进去,你过来我拉你吧。凤妹说,还是算了。大鹏说,里边可好玩了。凤妹说,我知道,有单杠,有篮球架,还有一圈圈的跑道。大鹏说,还有明亮的教室和落地玻璃窗,玻璃是蓝色的,和天空一样。凤妹说,以后有机会再进去吧,酒放在外边被人偷走了怎么办?

凤妹知道自己是没有以后的,她顺着一指宽的门缝朝里看,里边没有一盏灯,四处都黑乎乎的,隐隐约约地能看到几栋房子。但是她无论如何都想象不到,坐在那蓝色的落地玻璃窗下边看书是一种什么心情,透过玻璃晚上是否可以看到星星,白天是否可以看到白云,是否可以看到同学在操场上使劲地拍打着篮球,像砰砰地拍打着自己的心脏。

凤妹离开那条门缝的时候真的是有些恋恋不舍,她的眼泪不争气地流了下来。她不知道自己还有没有机会走进这扇大门,穿过操场,靠近单杠,坐进教室,透过蓝色的落地玻璃窗看看外边的世界。

第二天,老天爷像神经病一样又晴了,好心的火车头果然等在了酒厂门口,而且已经在拖拉机上安装了防滑链。凤妹说,叔叔,你怎么在这里?火车头说,我送你呀,昨天晚上不是说好的吗?凤妹开心地爬上了拖拉机说,照样是免费的吗?火车头说,对呀。凤妹说,为什么呀?火车头说,因为我是雷锋,你没有发现我戴着火车头帽子吗?

火车头说笑着就把凤妹送到了石板桥。火车头说,还有十几里呢,我干脆把你送到大庙村吧。凤妹说,不需要啦,在半路上有人接我。火车头说,谁接你?凤妹说,我爸。火车头说,开始就应该叫你爸来。凤妹说,他有事情。临别的时候,凤妹从书包里掏出一瓶酒说,叔叔喝酒吗?我敬你几杯酒吧。火车头说,你哪儿来的酒杯子?凤妹说,我可以用树叶子。火车头说,你真聪明!不过我从来不喝酒。

凤妹是半夜回到大庙村的。

凤妹一步三滑地回到村子的时候,她家院子的门开着,家里的灯亮着,射出来的光像一把刀子,把夜晚切开了一道口子。

这是陈小元在等待着凤妹,凤妹走了两天,他几乎两天没有合眼。他的眼前总是浮现出凤妹弱小的身影,有时候像一片叶子一样飘下了悬崖,有时候像蚂蚁一样被大雪埋没。第二天,眼看天又黑了,依然没有凤妹的任何消息,陈小元挣扎着爬起来,想去半路上接一程,哪怕去村口看一看。但是,在走出院子的时候,他就重重地滑倒了,门槛磕破了他的嘴唇,拐杖被远远地抛在一边……他只好坐在门枕上,静静地听着,每次听到沙沙的声音他都惊喜万分地以为是凤妹回来了。不过,一会儿是老席家的猫,一会儿是老汪家的狗,一会儿什么都不是,只是风声,只是幻觉,最后什么声音都没有了。

凤妹发现了她爸,说你坐在外边干什么呀?外边多冷啊。

陈小元也发现了凤妹,他像不认识她似的看了半天,终于忍不住放声大哭起来。

凤妹把陈小元扶回房间,笑着说,爸你哭什么呀?

陈小元说,你还笑,你看看你,连要饭的都不如。

凤妹的鞋裂开了，脚上捆着绳子，袖子和领子里都是雪花，小脸被冻得通红，有两个塑料壶系在一起，一前一后地搭在她的肩膀上，确实像个远道而来的乞丐。

凤妹笑得更开心了，说我们有酒喝了，你猜猜有多少斤吧。陈小元说，估计有二十多斤。凤妹说，完全正确！你猜猜有多少度？陈小元说，是不是五十二度？西凤酒就是五十二度。凤妹说，我也不知道，听我表哥说，这是最厉害的酒，爸你尝尝吧。

陈小元说，你的木观音呢？凤妹说，在呀。陈小元说，拿出来让我看看。

凤妹掏出木观音说，爸你放心，我不会拿它去换酒的。

凤妹换了一身衣服，又洗了一把脸，然后拧开白色塑料壶，好好地倒出半碗酒，让陈小元尝尝。陈小元说，酒是你姑父送的？凤妹说，不是的。陈小元说，是从哪里赊的？凤妹说，是偷的。陈小元说，你本事真大，如今都当小偷了！凤妹说，不是我偷的。陈小元说，那是谁偷的？凤妹说，是大鹏，其实也不算偷，大鹏他家有一个酒厂。陈小元说，大鹏应该叫我舅舅，难道你姑父当厂长了？凤妹说，你别管了，反正那里的酒太多了，像小河里的水一样一辈子也流不完，所以从今天起，你就放心大胆地喝吧。

陈小元浅浅地尝了一口，被呛得一阵咳嗽。他又尝了两口，像咽下了两簇火苗。他终于明白了，这其实不是酒，是酒精。凤妹所说的酒厂已经改产酒精了。他心里十分清楚，这些酒精是工业用的，把半瓶子酒精喝下去，和喝下毒药是一样的，自己的小命就没有了，自己就彻底解脱了。他被病痛折磨得死去活来的时候，多么想要一瓶安眠药或者一包老鼠药啊，但是每次看到凤妹还小，想起凤姐还在，他又有了活下去的动力。而如今呢，这些毒药就摆在他的面前，他只要像酒一样喝下去，很快就会放下所有的一切。最关键的是，凤妹毫不知情，她以为这是药，并不知道这是毒药。这对他来说是一种很大的安慰，因为他不能以自杀的方式结束痛苦，一个自杀的父亲是多么自私和懦弱，这会给凤妹带来伤害，甚至会让她产生对他的恨；这对凤妹来说也是一种很大的安慰，她不会把她爸的死与自己扯上关系，因为她确实已经尽力了。

凤妹说，不好喝吗？陈小元说，挺香的。凤妹说，真的吗？陈小元说，当然是真的。凤妹说，我还担心不合你口味呢。陈小元说，我用碗不太习惯，还是装进瓶子里吧。凤妹整整灌了二十二个空瓶子，这些酒精被灌进瓶子之后，似乎看起来和普通的酒就没有什么差别了。

陈小元不仅没有揭穿酒精和酒的差别，反而显得十分过瘾地抱着瓶子痛快地喝着，每喝一口都会发出咕噜咕噜的响声。这响声像一条条蛇引领着他，穿过大庙村的上空向寂静而又遥远的地方跑去。

陈小元轻轻地叫了一声凤妹,说你过来。凤妹走到跟前说,爸,你有话说吗?陈小元摸着凤妹的头说,你去一次县城怎么长高了。凤妹说,估计是你两天没有见到我的原因吧。陈小元说,你好像也长胖了。凤妹说,估计是热胀冷缩,如果是水的话,就是热缩冷胀,我这是被冻的。陈小元说,我感觉你一下子长大了不少。凤妹嘿嘿地一笑说,我这是被吓大的,不过现在想想,有什么好怕的呀。陈小元说,不早了,你赶紧去休息吧。

过了一天是小年,天气还是晴的,而且风也小了,太阳升到半空的时候,似乎春天要来了似的。凤妹兴高采烈地把里里外外打扫了一遍,又从楼上取出两只灯笼,说好几年都没有挂灯笼了,今年一定要好好糊一糊了。忙完之后,她总觉得心里不踏实,当远远地听到猫叫、狗叫和鸡叫的时候,才意识到自己去县城转了一圈,竟然把好多事情都忘记了。

凤妹赶紧去看了看寄养在老汪家的两只鸡,它们一白一黑还活着,还在不停地下蛋,她就放心了;她又去问了问卖给老席家的那杆枪,老席依然喜欢那杆枪,天天坐在门口端着,朝天上的白云指指,朝门前的大树指指,但是至今没有开过一枪,她也放心了。

凤妹已经没有什么好操心的了,于是又回到院子里,拿起扫把开始扫雪。她突然十分后悔,前些日子为什么没有想到扫雪呢?这些雪不扫,她妈回来的话,怎么走呢?如果从寒假起，自己就开始扫雪，一直扫到县城，那该多好啊。

凤妹扫完了院子里的雪，扫完了门前的雪，又去村口扫雪。她忽然发现村口那一小段路没有一点积雪，露出黑乎乎的路面，像一个巨大的窟窿。她觉得十分神奇，蹲下去抓了抓，发现路面的泥巴是软的，还是暖乎乎的，根本不像寒冬腊月，而像春天。因为大雪封山，来往村口的人更加稀少，所以没有积雪并不是人们蹚出来的，也不是谁打扫过的，很明显是自然形成的。

凤妹抓了一把泥巴捏了捏，再放在鼻子下闻了闻，才明白之所以没有积雪，是因为这段路是药渣铺成的，往日倒的药渣似乎还保存着温度。她不明白，为什么药渣不会积雪，不会结冰？她在想，如果通往县城的路全部铺上了药渣，全世界都铺上了药渣，是不是就不会大雪封山了呢？

让凤妹更加吃惊的是，在没有积雪的路边，她竟然发现了两株鹅黄色的禾芽，像两只毛茸茸的虫子一样，正从药渣里冒出来……这是大庙村的冬天从来没有过的，也是唯一的充满活力的色彩。它们像两根气息微小的柱子，把这个冰天雪地的世界慢慢地向上顶，向上顶。

哇，应该是花！凤妹不小心叫出了声。

接近黄昏的时候，大年三十才会张灯结彩的活儿，被陈小元给提前了。他使劲地催着说，赶紧挂灯笼吧。凤妹说，好的。凤妹就把糊好的灯笼高高地挂起来了。陈小元说，你赶紧贴对联吧。凤妹说,好的。凤妹就把对联也贴好了。陈小元说,有没有门神?我们好多年没有贴门神了吧?凤妹说,忘记告诉你,我已经预备好了,是敬德和秦琼。陈小元说,竟然有秦琼?他长什么样子?凤妹说,大胡子,凶巴巴的,所以可以辟邪。陈小元说,记得把他贴右边。凤妹说,知道了。

陈小元说,晚上我们好好吃一顿行吗?凤妹说,炒一盘子腊肉、一盘子土豆丝,再烙一个锅盔怎么样?陈小元说,今晚不能没有大火。凤妹按照陈小元的吩咐,拾了一堆干柴,在床边搭起一盆大火。这盆火燃得十分旺,火苗在上上下下左左右右地蹿动着,像一条条通红的舌头尽情地舔着浓浓的夜色,让凤妹和她爸的脸忽明忽暗,显得十分突出。此时此刻,他们俩就像整个大庙村甚至整个世界的中心。

吃完饭,天已经黑透了。

凤妹说,像不像过年?

陈小元说,其实就是过年,你拿两瓶酒过来吧。

陈小元靠在床头,每喝完一口酒,就抬起头静静地望着凤妹,似乎那酒不是自己要喝的,而是为凤妹喝的。凤妹说,我能尝尝酒吗?陈小元生气地说,你这丫头,你怎么能喝酒呢?这酒是你能喝的吗?凤妹说,你以前不是让我喝过几杯吗?陈小元说,以前我糊涂,你要好好记着,这辈子千万别学我。凤妹说,我知道了。陈小元说,过完年,你要好好去县城念书。凤妹说，我知道了。陈小元说，上完初中再上高中，上完高中就上大学，去上海那边上大学。凤妹说，我非得去上海吗？陈小元说，当然，因为那边太美了。凤妹说，我知道了。

陈小元让凤妹从床底下拿出来他的木匠工具，把墨斗递给他。陈小元把线轮、线锥、墨仓、墨签齐齐地摸了一遍，说，你开学就把它拿去卖掉，给自己添几件衣服，在县城上学要穿得好看一点，不能让人家笑话。凤妹说，我才舍不得卖呢，我要留着它。陈小元说，留着有什么用？凤妹说，我以后要当木匠怎么办？陈小元说，不管怎么样，宁可卖掉墨斗，也要好好念书。凤妹说，以后再说吧。

陈小元说，但是，不到万不得已，要尽量留下木观音。

凤妹说，我记住了，它是老祖先传下来的，而且它还是我妈。

凤妹非常喜欢这枚木观音，平时是从不离身的，白天干活的时候就挂在自己的脖子上，晚上睡觉的时候就紧紧地握在自己的手心，而且经常从怀里掏出来，要么在手上轻轻地摩挲着，要么用袖子小心地擦试着，要么呆呆地看着它，要么小声地对着它自言自语。陈小元每次看到这样的场景，总以为她在祈求观音菩萨的保佑，现在才知道她把这枚木观音当成了她妈，或者说这枚木观音成了她妈的替身，日日夜夜陪伴着她，而她也日日夜夜陪伴着木观音。

陈小元说,你记得你妈的长相吗?凤妹说,不记得了,是不是像木观音?陈小元说,其实吧,人家都说像凤凰,我也不知道凤凰长什么样子。反正箱子里有一本书,是大作家张爱玲写的,我上高中的时候特别喜欢这本书,书里夹着一张照片,就是你妈的。

凤妹想去开箱子,被陈小元按住了,说你是不是特别想你妈?凤妹说,是的。陈小元说,你想不想去找你妈?凤妹说,想。陈小元说,如果我不在了,你想去就去吧。凤妹说,不在了是什么意思?爸你要出门吗?陈小元说,我一个瘸子怎么出门呀?我的意思是我死了。凤妹说,我们有这么多酒,你不会死的。陈小元说,人哪有不死的啊。凤妹说,你死了扔下我一个人怎么办?

陈小元说,我说过了,去找你妈。凤妹说,她早就不认识我了。陈小元说,带上她的照片,她肯定认识自己。凤妹说,我去哪里找她?陈小元说,当然是上海。凤妹说,上海那么大,这不是大海捞针吗?陈小元说,你去静安寺看看吧。凤妹说,为什么?难道她出家了吗?

陈小元说,我也不知道,不过我就是在静安寺遇到你妈的,你去磕几个头,也许菩萨就会帮你,而且我在那里打过好多窗子和屏风。凤妹说,那些窗子应该很漂亮。陈小元说,应该还行吧,我没有什么留给你的,只有一把桃木梳子。凤妹说,我知道,是我周岁的时候打的。陈小元说,它是最差的一把梳子，也在箱子里。凤妹说，爸你今天真啰唆。

陈小元说，还有一件事情，我得告诉你，我不是你爸……

陈小元说到一半又改口了，说，我的意思是，我不是一个好爸爸。

陈小元喝着喝着，也许是喝得太多了，说话已经含糊不清了。

陈小元说，你把斧子拿过来。凤妹说，你要斧头干什么？陈小元说，我要砍树。凤妹说，你哪有力气砍树呀。陈小元说，你把凿子和刨子都拿过来。凤妹说，你要这些干什么？陈小元说，我要打家具。凤妹说，你好久没有打家具了，是不是心里痒痒了？陈小元说，你已经长大了，我想给你打一张梳妆台。凤妹说，我又不化妆，我不需要梳妆台。陈小元说，那你把锛子拿过来。凤妹说，你要锛子干什么？陈小元说，有人请我打棺材。

凤妹说，谁请你？爸你喝醉了。

陈小元说，阎王爷！阎王爷已经站在门外边了。

凤妹说，爸你别胡思乱想了，半夜三更的，赶紧睡吧。

陈小元慢慢地滑倒在床上。他的话越说越慢，越说越少，最后再也吐不出一个字了。他真想把有关凤妹身世的秘密告诉凤妹，还要提醒凤妹，剩下的酒千万别喝，一定要全部倒掉，倒在他的坟前。但是他的嗓子哑了，舌头伸不直了，肠子已经被烧焦了。他像一条搁浅在沙滩上的鱼，嘴轻轻地一张一合，想要喊叫什么似的，但是没有发出任何声音。

凤妹说，爸你到底怎么了呀？

凤妹说，爸你真的喝醉了吗？

凤妹说，爸你感觉还痛吗？

陈小元什么都没有回答，带着淡淡的似有似无的微笑静静地盯着天花板。事实是喝完凤妹带回来的酒之后，他的眼睛几乎要失明了，世界像蒙在他面前的一张灰白色的纸，凤妹像缭绕在他面前的一团雾。最后，陈小元的眼睛恍惚得像忽明忽灭的灯泡子，直到凌晨时分他的世界终于重归黑暗了。

15

上海的新年就那样过去了。

华表公司初七就正式上班，而凤姐已经彻底请假休息了。请假原因是生病，具体生了什么病，凤姐支支吾吾不说，大家也就不好细问。公司想派人去看看，凤姐说自己不在家里，也不在上海的医院，而是在浙江某个风景优美的地方，找了一个老中医一边看病一边疗养，所以谢绝了大家的好意。只有陈小元一个人明白，凤姐生病是假的，不在上海也是假的。

陈小元挺担心的，自从大年三十晚上送草莓的时候见了一面之后，就再也没有见到过凤姐。他天天去凤姐家那边，不停地发信息，问凤姐想吃什么，问凤姐身体怎么样，问凤姐她妈有没有再强迫她去医院。凤姐有时候会回几句，有时候会聊一聊，有时候还发发嗲，有时候也使使小性子，不管她提什么要求，陈小元都立即想办法满足她。但是等陈小元把她想要的东西带来或者告诉她带不来的时候，她往往大半天都没有回音，搞得陈小元经常等到天空泛白的时候，才闷闷不乐地离开，回到公司接着上班。

元宵节前，具体一点说，阳历二月一日，农历正月十一，不太下雪的上海，这一次和大庙村一样，痛痛快快地下了一场很大很大的雪，据说三十年不遇，终于积下了厚厚一层。许多蜡梅花金黄金黄地顶着大雪开放了，让人感觉那一股股浓郁的香气是一片片雪花散发出来的。

这天下班以后，陈小元没有坐公交车，第一次顺着那条公交线路一边喝酒一边走，遇到白茫茫一片的时候，他就拾起一根树枝，在雪地上写自己的名字，或者画凤姐的头像。他没有想到，在大庙村，下大雪就会封山，给生活制造了很多麻烦，城市却是相反的，下大雪成了风景，人们纷纷推开窗子，嘻嘻哈哈地走出家门，在汽车上边画各种各样的卡通图案，结伴去公园打雪仗、堆雪人。

陈小元走到凤姐家不远的时候，已经晚上十一点多了，他给凤姐发了一条信息，问凤姐想吃什么。凤姐说，不想吃，就是冷。陈小元说，你开空调啊。凤姐说，空调不制热。陈小元说，你之前用过的暖宝宝呢？凤姐说，你傻啊，这是狗皮膏药，贴这种东西对孩子不好。

陈小元正好经过一家超市，进去买了一个热水袋，匆匆地赶到小区西边。这么晚了，凤妈的那扇窗户还亮着灯，先是听到了一声刺耳的脆响，很明显有玻璃杯子打碎了，随后看到灯光闪闪烁烁的，估计在不停地调台，最后看到有人在阳台上不停地走进走出，不像是搭衣服，也不像给花浇水。陈小元估计，养兰花失败之后，这世界上就没有值得他们养的花了，所以凤姐家的阳台从秋天开始就空荡荡的，连原来的几个花盆也不见了。

陈小元猜测，那人心神不宁，应该是失眠了的凤妈。他就一边喝酒一边等待，直到一点多的时候，那盏灯终于熄灭了，窗子里安静了下来。

因为下了大雪，那堵围墙和墙根的那棵梧桐树上边积着厚厚的雪，树似乎比平时长高了、长胖了。陈小元吃力地爬上梧桐树，才给凤姐发了一条信息，说自己送温暖来了，现在正在她的窗外。凤姐透过玻璃发现陈小元坐在树上，隐隐约约觉得他像一只大猩猩，胆战心惊地发信息说，你胆子越来越大了，动不动就爬窗子。陈小元说，我不是被逼无奈嘛，谁让你们家有个门神啊，何况你们家的门神已经睡了。

凤姐说，你怎么知道我妈的绰号叫门神？陈小元说，第一次去敲你们家的门，不仅被她拦在门外，而且她亲口告诉我她叫秦琼，这不是门神是谁？凤姐说，你又怎么知道她睡了？陈小元说，我等了几个小时，看到她房间的灯熄灭了。凤姐说，自从知道我怀孕之后，她就半夜三更不睡觉，在家里转来转去，嘴里嘀嘀咕咕的，我真害怕她疯了。陈小元说，没有那么严重吧。

凤姐说，不说她了，心烦。你手上是什么？怎么像一只狗。陈小元说，我是送热水袋来的，热水袋的外套像一只狗熊。凤姐说，我最讨厌狗熊。陈小元说，它是热水袋。凤姐说，我也不喜欢热水袋。陈小元说，我还有一个火炉子。凤姐说，火炉子在哪里？陈小元拍拍自己的胸脯说，在你面前。凤姐说，就你？陈小元说，对呀，绝对绿色环保无污染。

有两个小青年从树下经过，一开始以为是大猩猩从动物园里跑出来了，后来怀疑是不是小偷要入室盗窃，嘀嘀咕咕地商量着该不该报警。

凤姐说，你赶紧下去，人家要报警了。陈小元说，爬树又不违法，有什么好怕的？凤姐说，你别发神经了，你不怕我怕。陈小元说，警察来了，我大不了承认自己是小偷，和你是毫不相干的。凤姐说，我妈来了呢，你怎么说？陈小元说，你妈来了，我就伪装成大猩猩。

陈小元把热水袋当成面具贴在脸上，在昏暗的树丛中，确实像一只怪物。

几分钟之后，远远地传来一阵警笛声。

凤姐感觉不妙，无奈地打开窗子说，你的脸皮真厚呀，还不赶紧进来！

陈小元把两根钢筋一抻，像猴子一样蹿进了房间。房间没有开灯，外边的几束光线照了进来，让陈小元觉得十分神秘。他像进入了公主的后花园，又像进入了凤姐复杂的内心，不知道可以坐在哪里，也不知道可以站在哪里。这是他第一次走进上海人家，也是第一次走进女人的房间。他真想看看在家庭布置上，城市与农村有什么不同，女人与男人的生活用品有什么不同。但是，太模糊了，很难分清具体的颜色和轮廓，他只能闻到类似于雪花膏一样香腻的气息。

过了几分钟，渐渐适应了黑暗的环境，陈小元看清楚有一张床，床边放着自己亲手打造的梳妆台，那面椭圆形的曾经破碎过一次的镜子幽暗地看着自己，镜框上的两条龙在慢慢地游动，两朵梅花在一瞬间开放。它们是房间里最清晰的家具，似乎长着眼睛，已经认出了他，让他感觉亲切了许多。

凤姐轻手轻脚地反锁住房门，然后生气地躺到床上装睡。

陈小元用热水袋碰了碰凤姐，却被凤姐一把打开了；陈小元悄悄地问哪里有开水，帮她灌一下热水袋，却被凤姐夺过去扔到了墙角。陈小元都有些后悔跑进来了,像一个善良而又懦弱的小偷,好不容易进入房间,却发现守着一大堆金银财宝的是一个漂亮无比的自己喜欢的女人,让他不仅不忍心下手,而且舍不得离开,虽然他连自己的安全都无法保证。

陈小元说,这几天我睡觉都不敢闭眼睛,总担心你出什么意外……陈小元鼻子一酸,眼泪哗哗地流了下来。他真是委屈极了,也痛苦极了,这件事情不知道什么时候才能收尾,自己应该怎么样才能得到解脱。

凤姐是过了半天才发话的,她说,你发什么呆呀,还不赶紧上床!陈小元摇摇头说,我不敢。凤姐说,那你进来干什么?陈小元说,进来送温暖啊。凤姐说,你的温暖在哪里?陈小元说,被你扔掉。凤姐说,破热水袋谁稀罕!而且一股子橡胶味,都把人熏死了。陈小元说,那怎么办啊?凤姐说,你的火炉子呢?陈小元说,我就是火炉子啊。凤姐说,那还啰唆什么?

陈小元的心里确实揣着一团火。那火苗有几分忐忑,有几分热烈,不是蓝色的,而是暗红色的,中间夹杂着烟雾,这是不充分燃烧的结果。

陈小元似乎不是要上床,而是要上手术台,忐忑不安地问,我睡哪一头?

凤姐说,你想睡哪一头?

陈小元说，当然想和你睡一头。

凤姐说，你倒是挺会想的。

陈小元说，我要不要脱衣服？

凤姐说，你说要不要脱衣服？

陈小元说，最好是不脱。

凤姐说，再废话，就滚吧！

城市的床和农村的床完全不同。农村的床有两个床头，无论睡在哪一头都是一样的，而城市的床只有一个床头，两个人要想平等恩爱的话，是要睡在一头的。

凤姐的床头顶着墙，竖着摆放在房子中央，而且比地板高不了多少，上下床都十分容易。陈小元最终没有脱衣服，仅仅是脱掉鞋，像上台阶一样，抬起脚迈了上去，坐在了凤姐的脚边。

凤姐确实很冷，浑身不停地哆嗦着，两只脚像两块冰，其实没有冰那么硬，更像两块即将融化的雪疙瘩。

陈小元犹犹豫豫地抱起两块雪疙瘩，先把它们焐在自己的手心，又把它们夹在自己的腋下，最后干脆撩起衣服，把它们贴身放在自己的怀里。他觉得自己全身都有火，但是最暖和的地方还是靠近心脏的位置，那怦怦的跳动正是火苗燃烧的节奏，所以他静静地让它们紧紧地贴着自己的心脏。他抱住的，虽然是两只脚，是身体最粗糙的部分，是最低下的部分，是最臭的部分，但是是属于女人的，是属于凤姐的，所以他十分尊重它们。他感觉那两块雪疙瘩随着自己的心跳，在慢慢地变热，在慢慢地融化，在慢慢地流动，也在怦怦地跳动，有了燃烧的节奏。他明白是激动的声音，是温暖的声音，是幸福的声音，是彼此融合的声音。虽然他和凤姐有过那么一次被动的接触，但是当时还十分慌张和懵懂，甚至有些无知。而这一次，他感到了某种冲动，感到了无法控制的激情……

凤姐说，你真暖和。陈小元说，当然了，我是火炉子。凤姐说，你再给我暖暖上边吧。陈小元说，上边是哪里啊？凤姐说，你就好好地装吧！

陈小元真不是装的，因为双脚以上的地方实在太多，让他太陌生太迷茫了。

陈小元还没有明白过来的时候，突然响起了咚咚咚的敲门声。

房间外边是凤妈。凤妈说，你房间是什么声音？凤姐被吓坏了，支支吾吾地说，没有什么声音啊！凤妈说，我听见了，你以为我是聋子？凤姐说，是电视。凤妈说，你房间里有电视吗？凤姐说，可能是邻居家的电视。凤妈说，我们房子是隔音的。凤姐说，他们把声音开得很大。凤妈说，电视在放什么？凤姐说，好像是《西厢记》。凤妈说，几频道？凤姐说，我哪里知道呀，应该是戏曲频道吧？凤妈说，我看你的窗户没有关。凤姐说，太闷了，我透透气。凤妈说，外

边在下大雪你知道吗？凤姐说，下雪真好，明天可以堆雪人了。凤妈说，你还有心思堆雪人？好好想想你肚子里的孽障，你还不嫌丢人啊？

凤姐蒙着被子哭了起来，说，妈你就别再折磨我了。

凤妈说，你赶紧把门给我打开！

凤姐踢了陈小元一脚说，你个傻瓜，还不赶紧跑？

钥匙在锁孔里转动着，紧接着就是撞门声，再接着又是砸门声。

房门被打开了，当凤妈手中拿着一把寒光闪闪的菜刀冲进来的时候，陈小元正爬上窗台准备纵身而下。

陈小元没有抓住树枝，也没有抓住围墙，只抓住了一把雪，一下子重重地落在那条雪水混合的单行马路上，重重的撞击声和刺耳的喇叭声撕破了整个夜空。大家都意识到出车祸了，许多人打开窗户向外看，发现一辆渣土车在旁边停着，有一条黑影像被碾轧的蚯蚓，在使劲地挣扎着。

凤姐听到窗外的嘈杂声，知道陈小元出事了，本想去窗口看看，但是她妈像一个无从下手的屠夫，提着菜刀围着她的床，恶狠狠地转着圈。

凤妈压低声音问，刚才那个人是谁？凤姐说，估计是小偷。凤妈说，他把什么偷走了？凤姐说，我怎么知道呀！他刚刚进来，估计还没有得手。凤妈说，如果是小偷，你为什么骗我，而且还不开门？凤姐说，我不那样，他也许会杀了我的。

凤妈打开灯，发现床下摆着一双皮鞋，沾着一点雪，已经湿透了。凤妈说，小偷进来还知道脱鞋？凤姐说，估计是想走路轻一点。凤妈说，小偷为什么还要上床？凤姐说，会不会不是小偷，而是流氓？凤妈愤怒地说，如果是流氓，真叫色胆包天！凤姐说，确实胆子太大了。

凤妈扬了扬菜刀说，你再这样装下去，不是他要杀你，而是我要杀你！快说，那个人是谁？凤姐说，当时我睡着了，又乌漆墨黑的，我没有看清楚……那体形和个子，会不会是乌里·希克？凤妈说，他回来了吗？如果他回来了，为什么不光明正大走大门，要钻窗子？凤姐说，外国人爱标新立异，或许想给我一个惊喜。凤妈说，那为什么又要跳楼？凤姐说，就是啊，妈你分析分析吧。

凤妈用菜刀指着凤姐说，你个臭丫头，你还要骗我？你肚子里的孽障到底是谁的？凤姐说，我已经说过了，是乌里·希克的。凤妈说，我看是乌里·希克的鬼魂！还《西厢记》呢，都是你演的好戏！这下好了，被撞死了！

凤妈一菜刀下去，砍在了那双皮鞋上。

凤姐她爸跑过来，把菜刀拾走了，说，你把孩子吓着了！

凤姐确实被吓坏了，把自己蒙在被窝里嘤嘤地哭了起来。她也许是动了胎气，肚子里开始翻江倒海，而且下身开始流血。她估计孩子要出生了，赶紧拨打了电话叫救护车。

几分钟后，两辆救护车和一辆警车呼啸而来，第一辆救护车把陈小元给拉走了，第二辆救护车把凤姐给拉走了。

警察在出事地点调查的时候，有人说，他是一个流浪汉，经常睡在小河边；有人说，他是一个酒鬼，经常喝得醉醺醺的；有人说，他是一个小偷，在爬楼的时候，因为积雪太滑，不小心摔下来了；有人说，他不太像小偷，可能是从精神病院溜出来的疯子，不然，他爬树干什么？有一位拾垃圾的阿姨说，他经常从21路车下来，半夜又爬上了21路车，好像是谁家的乡下亲戚来串门子一样；徐记小厨的服务员说，他来过店里几次，每次都喜欢吃面条，听口音应该是北方人。

小区保安说，这个人啊，我认识，有一次来小区，我看他像是推销的，他自己说是来找人。警察说，他来找什么人？保安说，他说找女朋友，被我给揭穿了。警察说，他留下联系方式了吗？保安说，我让他登记，他拿不出身份证，也拿不出居住证，还揪住我的领子，要把我送到扫把星上去，现在倒好了，遭报应了。

警察根据保安提供的信息找到了凤姐家。凤妈说，我们不认识他。警察说，他不是你女婿吗？凤妈说，帮帮忙好吧，小区里谁都知道，我们凤姐的男朋友是瑞士人。警察说，你知道被撞的不是瑞士人？凤妈说，我猜的，谁敢撞洋人啊？警察说，为什么不敢？凤妈说，撞了洋人，像撞了劳斯莱斯，是赔不起的。警察说，撞人能挑三拣四的吗？凤妈说，不能挑，又不是找对象，不过碰瓷的就不一样了。

警察说，有人说他是从楼上跳下去的。凤妈说，他是从梧桐树上跳下去的，那些梧桐树离我们家很近，树枝子几乎都伸进阳台来了。警察说，你亲眼看见了吗？凤妈说，不是的，当时我都睡着了，被外边的声音给吵醒了，以为大家在抓小偷，后来才知道发生了车祸。警察说，你判断他是小偷吗？凤妈说，他应该不是小偷。警察说，你判断他当时想干什么？凤妈说，或许是想自杀，估计是有什么事情想不开吧。

警察说，他是从你家跳下去的吗？凤妈说，我已经说了，是从树上跳下去的。警察说，有跳树自杀的吗？凤妈说，这我就不明白了。

警察说，刚才有一辆救护车，接走的是你什么人？凤妈说，是我女儿。警察说，她怎么了？凤妈说，病了，身体不好。警察说，有人说是要生产了。凤妈说，简直胡说八道！她还没有结婚呢，应该是阑尾炎犯了。警察说，你不去陪她吗？凤妈说，她爸去了，我走不开，家里养了一只小狗。

最后，渣土车司机说，真是祸从天降啊，不管是跳楼还是小偷，反正我正好好地开车呢，啪的一声从天上掉下来一个人，先砸到车头上，然后又弹到车前边，我刹车都来不及了！

警察也不知道用什么办法，很快联系上了小胡子。当时已经凌晨四点多了，小胡子睡得迷迷糊糊的，接到电话的时候，张口就骂，陈小元你个孙子，下那么大雪，你又不回来了？警察说，你怎么知道是陈小元打来的？小胡子说，半夜三更的，不是他还会有谁呀？警察说，你是陈小元什么人？小胡子说，我是他的孙子。警察说，他有孙子？小胡子说，哎呀，我说错了，我们是同事而已，你是他什么人？警察说，我是警察。小胡说，你们把他抓起来了？警察说，我们为什么要抓他？小胡子说，他在外边鬼混。警察说，什么叫鬼混？小胡子说，也就是喝酒喝醉了。警察说，他经常喝醉吗？小胡子说，偶尔喝醉，一喝醉就会打电话给我。警察说，为什么？小胡子说，在上海，只有我算是他的朋友。警察说，既然是朋友，他出车祸了，现在躺在医院里，你赶紧过来看看吧。

小胡子被吓着了，忙问，要不要叫小麻雀？

警察说，小麻雀是谁？

小胡子说，哎呀，我又说错了。

窗外已经泛白了，小麻雀确实叽叽喳喳地叫起来了。

小胡子赶到那家医院的时候，警察向小胡子了解了情况。小胡子说，首先，陈小元的工资不低，不太在乎钱，人品也不错，绝对不可能偷东西；其次，他的木匠手艺是祖传的，为了把手艺传下去，哪怕受到再大的打击，他也绝对不可能自杀;第三,他喜欢的那个人跟他是同事,在公司、在外边,他们随时可以碰面,他想耍流氓的话,根本没有必要偷偷地去爬窗子。我可以担保,他就是贪玩,因为他是农民,过去喜欢爬树掏鸟窝,当时在下大雪,估计他一兴奋就去爬树,坐在树上喝酒,然后就喝多了,从树上栽下来了。

事后,陈小元醒过来的时候,他本人对警察的说法和小胡子的说法完全赞同。

16

陈小元躺在急诊室的楼道里,初步检查为左腿粉碎性骨折,伤口已经处理了,但是还处于半昏迷状态。医院听说陈小元是一个孤儿,于是给小胡子下了一张病危通知书,同时还下了一张缴费单,要求预交三万元的住院费,不然没有办法安排床位,也没有办法动手术。

小胡子知道,陈小元每个月几千块钱,都花在不明不白的地方了,他自己当泥水匠的工资不如陈小元,在上海打工七八年,除了吃喝拉撒之外,把剩下的全部寄回家了。小胡子咨询警察,警察说,从初步调查的情况看,渣土车司机是无责任的,所以不可能拿钱出来。小胡子打电话给公司经理,经理去北京出差了;再打电话给凤姐,凤姐的电话关机了。

小胡子发现，到处拥挤不堪的房子，大街上奔跑的汽车，绿化带里的一棵树，甚至有些人穿着的一件衣服、脸上涂着的化妆品，也远远不止三万元。但是，让他这个底层的农民工拿出三万元，他感觉天一下子就要塌下来了。

小胡子问护士，你们需要血吗？我的血可干净了。护士说，你的兄弟就需要输血，你是不是想献血啊？他说，我想卖血。护士说，卖血是违法的。他说，我把血直接献给我的兄弟，总应该可以吧？护士说，当然可以。

小胡子伸出胳膊，让护士把自己的血赶紧输给陈小元。护士说，你是什么血型？小胡子说，不清楚。护士说，哪有这么简单，抽血是要化验的，输血是要血型配对的，而且你还没有交费呢。小胡子说，血是我的，为什么还要交费？小护士被问住了，说自己也不知道。

小胡子又想到陈小元是一个木匠，他打的那些家具很漂亮，应该是很值钱的，如果被人当成了文物，也许一件就值十几万元。可惜陈小元在上海打的，要么是窗子，要么是屏风，要么是佛龛和香案，都是拆不下来的，倒是给凤姐打过一张梳妆台，简直可以冒充皇宫里的东西，但是如今凤姐都联系不上了，搬回来卖掉肯定是不现实的。小胡子还想到了年前陈小元送给大家的那些梳子，于是联系公司的同事。然而，有人说送给老婆当了生日礼物，有人说送给女朋友当了定情信物，有人说拿给孩子辟邪去了。至于借钱吧，大家说法基本一致，有的说每月要还几千块的房贷，有的说被套在股市里了，根本拿不出来。

小胡子实在没有办法，拿出自己那把梳子，对一群护士说，你们看看漂亮吗？护士们说，真漂亮，像月牙儿。小胡子说，这是唐朝的。护士们说，应该是文物吧？小胡子说，当然是文物，高阳公主用过的。护士们说，高阳公主是谁？小胡子说，你们肯定看过电视，高阳公主是唐太宗李世民最喜欢的女儿。护士们说，我们看上边的头像怎么像你？小胡子说，我长得像我爷爷，这上边刻画的是我爷爷的爷爷的爷爷。我爷爷的爷爷的奶奶是高阳公主的贴身丫鬟，我爷爷的爷爷的爷爷是一个木匠，曾经给高阳公主打过一把凤椅，治好了高阳公主的颈椎病。高阳公主就把自己的丫鬟许配给了我爷爷的爷爷的爷爷，顺便把这把梳子送给了我爷爷的爷爷的奶奶，最后就传到我手上了。护士们说，真的假的？小胡子说，当然是真的了，这把梳子可神奇了，用它梳头不掉头发，而且可以治疗失眠。护士们说，那是不是很值钱啊？小胡子说，有人出五万元，我没有答应，如今没有办法，我的兄弟等着救命啊。

有一个小护士说，是真的，他刚才还想卖血呢。小胡子说，我宁愿卖血，也不想卖这把梳子。小护士说，这把梳子多少钱？小胡子说，不要一分钱，白送给你们，只要帮忙给医生说说，让医生先给我的兄弟做手术，我保证三天之内把钱凑齐。

故事是小胡子照着陈小元的说法瞎编的，几个护士也知道是瞎编的，不过看到小胡子眼泪巴巴的都很感动，七嘴八舌地去找医生，说救命要紧，不能让人活活地死在我们医院里。医生说，先做手术再交钱，我没有那么大胆子，而且各种检查怎么办？没有医院批准是行不通的，据我了解的情况，医院遇到过好多老赖，病看完了，人早跑掉了，所以我是不可能答应的。

正当大家议论纷纷的时候，也许念在陈小元曾经给寺庙当过木匠，所以菩萨显灵了。静安寺又请了一尊佛像，派法师来和公司联系，想请陈小元过去，再打一座和原来一样的佛龛。电话打到了小胡子那里，小胡子告诉法师，那个姓陈的木匠，昨天晚上出车祸了，现在几万元的住院费没有着落，所以正在手术室外边等死呢。法师听说之后，赶紧禀报了方丈，给陈小元拨了一笔善款。

陈小元彻底从昏迷中醒过来的时候，是好多天之后的某一个深夜。病房里看上去十分寂静和幽暗，门外却不停地传来"妈呀妈呀"的呻吟声，混合着尖叫声、啼哭声和磨牙声，走廊上隐隐约约有匆匆而过的脚步声。护士们没有悲伤和欣喜的情绪，只是冷静地把玻璃瓶子、胶管和药水挂在空中或者卸下来。

陈小元明白，这是医院，他在半昏迷的状态下，已经明白自己住在医院。虽然这是他这辈子第一次进医院，但是周围的这种气氛、药水味和洁白的色调，分明是天堂和地狱的交叉地带，让任何一个身份不同的、没有生病经验的，甚至是没有生命意识的人，都能感受到其中的味道、疼痛和折磨。

又是一天早晨五点的时候，窗外的路灯还没有熄灭，陈小元就郑重其事地睁开眼睛。他第一眼看到，陪在自己身边的，没有其他人，只有同事小胡子。小胡子趴在床头睡觉，嘴里念念叨叨，似乎在说着梦话，似乎在数落着他。他并不意外，在这个世上，尤其在上海这座城市，除了同样背井离乡的小胡子，还能指望谁来照顾自己呢？

小胡子发现陈小元睁开了眼睛，伸手在陈小元的面前晃了晃，竟然有些不高兴地说，你终于醒了？陈小元说，我早就醒了。小胡子说，你醒了为什么不睁开眼睛？陈小元说，我想继续听你骂我。小胡子说，我是怕你醒不过来了，那些话可不是骂你的，都是为了刺激你的。陈小元说，确实挺刺激的。小胡子说，你都听到了？陈小元说，当然，你说我不是好木匠。小胡子说，还有呢？陈小元说，你说我是土包子，竟然撞在人家渣土车上，无异于找死。小胡子说，还有呢？陈小元说，你说人家捐给菩萨的香火钱，竟然被我给花掉了，以后要还。小胡子说，还有呢？陈小元说，你说我断子绝孙，估计上辈子缺德事干多了。小胡子说，没有了吧？

陈小元说，你骂我猪狗不如，简直就是癞蛤蟆。

小胡子不好意思地说，全被你听见了，其实我都是瞎说的。

陈小元说，话丑理端，我就是被你骂醒的。

小胡子说，别说骂你了，揍你一顿的想法都有了，你想想我们这些人，之所以叫农民工，意思是什么？既不如农民，也不如工人，人家看不起我们，常常糟蹋我们，但是我们不能糟蹋自己。这次如果你把小命弄丢了，你的木匠手艺是不是就失传了？你们家的香火是不是就断了？而且还是跳楼自杀，当时看到你的样子，还什么猪狗呢，简直像一坨肉，人家蒸包子剁馅用的肉，我真想上去给你几脚，直接把你踹死算了。陈小元说，我不是跳楼自杀。小胡子说，我当然相信你，但你是为了女人总不会错吧？陈小元说，我也不是为了女人。

陈小元一开始完全是为了女人，自从发现自己与人家不在一个世界，他其实已经心平气和了，或者说已经想开了。之所以还要坐公交车，还要去那条小河边，他是为了得到一丝安慰，为了给自己一个交代，还抱着一丝幻想。但是最后，当凤姐告诉他，她怀孕了，怀着的孩子还不明不白，他就不仅仅是为了自己，也不仅仅是为了凤姐，而是为了孩子。无论是通过哪种方式，毕竟是孩子把他们三个人连在了一起。

小胡子说,反正你挺傻的,明明是没有长翅膀的癞蛤蟆,非要上天去吃天鹅肉,结果是什么?

陈小元说,结果是把左腿弄丢了。

陈小元确实很早就醒了。他听着小胡子的数落,继续闭着眼睛想了很多,首先想到的不是之前的那场大雪和如何爬上了那棵梧桐树,不是之后的纵身一跳和被碾轧的疼痛,更不是自己到底哪里受伤了,而是凤姐那两只脚像两块雪疙瘩似的给自己留下的感觉,仿佛那融化的雪水至今还在怀里。他很想知道凤姐的两只脚被暖热了没有,她身体里的那个小生命有没感觉到自己的那股暖流。他想从病床上爬起来,但是显得有些力不从心,于是伸手从上朝下摸了摸。头发长长了,不再是光头;胡子长长了,十分扎人;胳膊还在,胸还在,腰还在,屁股还在,大腿似乎还在。再朝下摸的时候,他的手像一匹马,从万丈悬崖一跃而下,那空洞的坠落的感觉把他吓了一跳。他在半昏迷的时候,隐隐约约地听到过有关截肢的议论,但是当时意识模糊,不明白什么是截肢,更不清楚要截谁的肢,如今才恍惚地意识到,自己似乎睡了一觉,一条腿就不见了。

小胡子说,你知道自己只剩下一条腿了吗?陈小元说,我知道。小胡子说,你觉得值得吗?陈小元说,当然值得,不就一条腿吗?小胡子说,只有一条腿,我看你接下来怎么生活。陈小元说,生活不生活有什么关系。小胡子说,截肢手术是我签的字，不然你早就完蛋了。陈小元说，谢谢你。小胡子说，你别谢我，要谢谢菩萨，你如果有良心，就好好养伤，等出院之后再给静安寺打一座佛龛吧。

陈小元试探地问，她在哪里？

小胡子说，她是谁？

陈小元说，别装。

小胡子说，她已经离开了。陈小元说，这次去哪里了？小胡子说，我不知道，会不会出国了？你出事之后，她和公司再没有联系了，是她爸来办理手续的。陈小元说，她爸都说什么了？小胡子说，大家问了好多，她爸只是笑笑。陈小元说，大家有没有问洋鬼子？小胡子说，问了，包括是不是移民瑞士，是不是要当专职太太，她爸照样什么都不回答。

陈小元说，还有她的其他消息吗？

小胡子说，什么消息都没有，彻底失踪了。

天彻底亮了，太阳像一个红彤彤的气球，从窗口慢慢地升上来了。上海一旦晴起来就不会太冷，已经隐隐地透出几分春意。

陈小元说，现在几点了？小胡子说，早晨五点多了。陈小元说，今天是什么日子？小胡子说，待在这种鬼地方，我也过糊涂了，反正年也过了，十五也过了，外边的柳树已经绿了。

陈小元心里明白，按照预产期推算，有个小生命已经在这个季节里诞生，所以凤姐并没有失踪，应该是躲在上海的某个角落，怀里抱着一个嗷嗷待哺的孩子。这个孩子将是自己名义上的女儿，也是自己在上海唯一的收获和安慰。

陈小元从医院出来的时候，天空下着小雨，上海真正进入了春天。绿化带里有许多桃花开得十分旺盛，蝴蝶和蜜蜂像一个个微型的流浪汉撞来撞去，大街两边的梧桐树长出的小叶片像一只只小手。他拄着拐杖刚刚走了几步，就重重地摔倒在车来车往的马路中间。许多人围上来，有人申明并没有撞他，有人问他要不要救援，有人想扶他一把又害怕引起麻烦，而小胡子办理出院手续去了，还没有过来。

陈小元的拐杖被远远地扔在一边，他在湿答答的路上挣扎了半天，也无法重新站起来。他以为维持生命的，是粮食，是呼吸，是心跳，是脑袋，是五脏六腑，缺胳膊少腿是无法影响他继续活着的。但是他十分沮丧，没有想到因为一条腿，世界就失去了平衡，现实就彻底倾斜了。

陈小元跟着小胡子回到宿舍，把头发与胡子都刮了刮，挑出一套最体面的唐装穿上，为了让空荡荡的裤管能够饱满起来，他不惜穿上了最厚的棉裤，甚至在中间夹了一层纸壳。当他拄着拐杖出门的时候，又在头上扣了一顶黑色的鸭舌帽。只要他静静地站着不动，整个人就显得更有修养，更接近上海老克勒的风度。不过，在明眼人面前，残疾是显而易见的。

陈小元出门了，虽然预产期已经过了，他也不明白生一个孩子需要多久，但是他必须尽早赶到长乐路与陕西南路交会处，那是第一妇幼医院，离公司宿舍不远。他不知道遇到凤姐应该如何面对她，更不想以目前的形象出现在她和孩子面前。他只想从门缝里偷偷地看她们一眼，知道她们是平安的，尤其孩子是什么样子的，然后再悄悄地离开。

等他推开一间间产房门时，却发现所有的新生儿哭声一样，长相一样。他请护士帮忙查了查，结果是查无此人。于是他又坐上了公交车，赶往再熟悉不过的小河边，他要待在更远的地方看看那扇窗子。他明白没有满月的婴儿和产妇不可能在阳台上出现，但是只要看到孩子的衣服和尿片随着风轻轻地摇晃，他就满足了。

他坐在条椅上，甚至斜靠着桥头，从黄昏等到天黑，阳台仍然空空荡荡，那扇窗子里的灯并没有亮，隐隐约约地可以看到防护网上边被自己抻出来的那个黑漆漆的窟窿。

第二天，陈小元还是回到了公司。他偷偷地躲进库房，第一件事情就是尽快把静安寺的佛龛打出来，这是自己欠下的必须还掉的债。但是他很快发现，自己像三条腿的椅子，即使把拐杖紧紧地夹在腋下，还是无法代替他的腿，尤其用不了锛子和刨子。他想办法靠在墙上，有时候坐在地上，但是力气使不到地方，画出来的线是弯曲的，打出来的卯是倾斜的。所有的木板似乎都变成了叛徒，所有的工具似乎都在和他作对。有几次,他摔倒了又爬起来,爬起来又摔倒了,墨签戳破了他的手,凿子划破了他的脸……最后,他绝望了,一屁股坐在地上,像孩子一样放声大哭起来。

小胡子说,别逼自己,还是改行吧。

陈小元说,改行干什么?

小胡子说,你可以拜我为师,跟我去当泥水匠。陈小元说,我看要饭还差不多。小胡子想了想,像陈小元目前的情况,除了找一条繁华的大街,面前摆一只碗,以乞讨为生之外,还有什么更合适更有希望的出路呢?

上海的春天已经进入佳境,铺天盖地都是鲜花,公司周围的陕西路、南京路、北京路,虽然两边都是不开花的梧桐树,但是电线杆的半腰上吊着几个花篮,里边栽着各种颜色的喇叭花。可惜这里已经不是他陈小元的容身之地了。

陈小元还是决定回大庙村。

离开前的那天下午,陈小元恢复了原来的打扮,穿上一件皱巴巴的衬衣,先去了一趟静安寺,在大雄宝殿里跪了半天,以谢救命之恩。天黑之后,他仍然坐着公交车,按照既定的线路,来到自己熟悉的地方。这一次,他没有任何恐惧,走进小区的时候,也许保安换人了,也许认不出他了,反正他再没有遭到一点阻拦。

陈小元来到凤姐家的门外,用拐杖敲了敲门,但是门没有开,也没有回音。他坐在旁边,靠着墙,从怀里掏出酒——从医院出来,他天天都在喝酒,似乎已经离不开酒了。他一边喝酒一边敲门,敲着敲着就睡着了。他梦见一个扎着马尾巴辫的小丫头在他面前奔跑,不停地喊他爸爸,喊着喊着就变成了哇哇大叫的乌鸦。他想把那只乌鸦抱在怀里,但总是一次一次扑空。最后,乌鸦又一瞬间变成了一个白发苍苍的老太太。他伤感地睁开眼睛,天已经亮了,面前确实站着一位老太太。

老太太说,人家已经搬家了。陈小元说,搬到什么地方去了?老太太说,不知道,已经搬走好多天了。陈小元说,会不会出国了?老太太说,不太可能,如果出国去了,他们肯定会到处嚷嚷的。陈小元说,那为什么搬家啊?老太太说,据说窗子外边发生了车祸,有人被渣土车轧死了,吓得他们经常做噩梦,就赶紧搬走了,你找他们干什么呀?陈小元说,我找他们收垃圾,他们家过去有很多垃圾卖给我。老太太说,我家有几个纸箱子,你要吗?陈小元说,要啊。

老太太住在隔壁,把纸箱子拿出来交给了陈小元。

陈小元扔给她二十块钱,然后拖着纸箱子走了。

陈小元坐上火车之后,才给凤姐发了一条信息,说自己准备回陕西了,祝凤姐和孩子一切都好,但是他一直没有得到任何回复。

直到将近一年之后,已经是又一年的正月了,凤姐才突然出现在了大庙村。

凤姐仍然是一只凤凰，怀里抱着的孩子就是凤妹。凤妹快满周岁了，已经学会了走路，像一只扑棱着翅膀的小凤凰。陈小元无比惊喜，第二天就拄着拐杖把房背后一棵桃树给砍掉了。有人说，这么大的桃树要结多少桃子，太可惜了。有人说，天暖和了，就要开花了，确实太可惜了。陈小元说，梳子也是一种活法，有什么好可惜的。他请人帮忙把桃木解成几块木板，架在大火上烘干，自己勉勉强强打了一把梳子。不过这把梳子没有雕花，显得十分笨拙和单调，已经很难与昔日的相比了。

如果按照农历计算的话，正月十一正好是凤妹一岁生日，陈小元在家里张罗了两桌子酒席，把左邻右舍都请来，要给凤妹抓周。陈小元在抓周的东西里边，除了放着钢笔和新打的梳子，犹豫再三，又从木匠工具里拿出了尺子和墨斗。让他既意外又伤感的是，凤妹没有抓尺子，也没有抓墨斗，而是紧紧地抓住了陈小元的拐杖。抓完周，陈小元把那把梳子放在凤妹的枕头下边，凤姐则从怀里取出那枚木观音，戴在凤妹的脖子上。

凤姐在大庙村郁郁寡欢地住了几天，她什么都不想说，陈小元什么也不想问。只是在离开之前，陈小元说，我们去县城转转吧。凤姐说，好呀。到了县城，陈小元说，我们去民政局一趟吧。凤姐说，好呀。于是，两个人心照不宣地走进了民政局，把两个红本本换成了绿本本，而且没有商量，就把凤妹的抚养权交给了陈小元。在拍照片的时候，在陈小元的要求下，他们抱着凤妹一起合了张影，仅仅洗了一张送给了凤姐。

那天晚上，回到大庙村，趁着凤妹睡着了，凤姐来到陈小元的房间，把衣服一件件地脱了，然后钻进了陈小元的被窝。陈小元说，你想干什么？凤姐说，我还能干什么？陈小元说，我们还有关系吗？凤姐说，毕竟夫妻一场。陈小元说，是假夫妻好吧！

陈小元被凤姐压在下边，衣服已经被扯开了。他生气地拿起拐杖，狠狠地抽了一下凤姐说，你给我出去！凤姐一下子蔫了，趴在陈小元的胸口哭了起来。

凤姐说，我对不起你，都是因为我，你恨我吗？陈小元说，有了凤妹，我感激你还来不及呢。凤姐说，你想知道凤妹她爸是谁吗？陈小元说，不想，反正我已经是她爸了。凤姐说，你知道凤妹叫什么名字吗？陈小元说，叫陈丹凤对不对？凤姐说，这是我答应过你的。陈小元说，谢谢你让她姓陈。凤姐说，我把她的户口落在了上海，有个上海户口，别人会另眼相看的，上大学或者工作就容易多了。陈小元说，起码不是农民了，可惜祖籍还是陕西对吗？凤姐说，上户口的时候想改过来的，但是祖籍必须跟着父亲。陈小元说，是我连累了孩子。凤姐说，祖籍是哪里的都一样。我这次来，把她的出生证明带来了，我已经咨询过了，我们离婚之后，她是不用迁户口的,只要我把自己的户口迁出去,她就成了户主。我回去以后,给她办一个独立的户口本和一张身份证,你带她打针呀上学呀,甚至长大了工作呀,她永远就是上海人的待遇,永远都不会有影响了。陈小元说,你就放心吧。

于是,凤姐把凤妹留在了大庙村,也把木观音留在了大庙村。

陈小元常常感慨,他当初之所以做那样的梦,那么糊糊涂涂地跑到上海,也许是上辈子自己积了什么德,这辈子才有了福报。他不但不恨上海,反而十分感激上海,如果不是上海收留了他,然后又歧视了他,也就不可能发生那么多的事情;如果不经历那么多的事情,他就不可能拥有凤妹;如果没有凤妹的话,他不知道自己怎么活下去,即使活下去又有什么希望。

所以用一条腿换来了凤妹,这似乎是老天爷有意给他安排的,像一场买卖一样。在这场买卖中,他是唯一一个获利的人。因为对他来说,他可以没有一条腿,甚至没有这条命,却不能没有一个无论多苦多累都像天使一样笑呵呵的女儿凤妹。

17

第二天大年三十,凤妹难得睡了一次懒觉,当她醒过来的时候，太阳已经升上山顶。红彤彤的太阳沉浸在雾霭中，像没有煮熟的被剥掉壳的鸡蛋黄，轻轻动一指头就破了。

凤妹准备拿着扫把继续去扫雪，尽量把通往县城的路上的雪多扫一些。在出门的时候，她和平时一样，轻轻喊了一声"爸"，但是她爸没有什么反应。她有些高兴，心想自己带回来的不愧是好酒，她爸好久没有这样酣畅地喝过了，因此今天格外安静。她又返回房间，给她爸掖了掖被子。她碰到了她爸的手，感觉像一块冰。她又摸了摸她爸的脸，感觉也像一块冰。她又轻轻喊了几声"爸"，依然没有什么反应。

她摇了摇，她爸纹丝不动。

她又摇了摇，她爸还是纹丝不动。

整个大庙村的人陆陆续续都来了。老汪来的时候，怀里抱着两只鸡，手中提着篮子，装着几个鸡蛋，说，我根本没有想要你们家的鸡，我把鸡和蛋还给你吧。老席来的时候，手中端着一杆枪，对着天空瞄了瞄，又对着山头瞄了瞄，说，你们家的枪根本就打不响，如今也没有什么可打的猎物，我把枪还给你吧。

大年三十是凤妹她妈有可能回来的日子，往年大雪封山的时候，凤妹会找出各种各样的借口，不停地去村口等待她妈；如果是大雪不封山的时候，她会顺着前往县城的路一直爬到山顶。

如今，凤妹跪在她爸的床前，静静地听着村口的声音，她比以往任何时候都希望她妈出现。如果她妈还不出现的话，她怎么度过马上来临的新年呢？怎么度过以后漫漫无边的日子呢？她多么希望她爸还活着，哪怕多活一天，哪怕听听她放的鞭炮声，哪怕一起吃完年夜饭……

凤妹握着她爸冰冷而僵硬的手一直在哭，无论遇到什么事情，她多数时候都是笑的，而今她的眼泪让所有人都忍不住直抹眼泪。

老汪说，别怕，孩子，晚上去我家过年。

老席说，别哭，孩子，过完年，等雪化了，你去上海找你妈吧。

黄昏的时候，大家都回家吃团圆饭去了，只留下凤妹一个人守着她爸。凤妹首先去坟地里给爷爷奶奶烧纸送灯，然后回到家开始生火做饭，按照往年的习惯蒸了一锅大米饭，炒了一盘腊肉、一盘粉条、一盘土豆丝、一盘鸡蛋木耳，还炖了一锅糖肉红薯汤。先一天，在她爸的吩咐下，对联和门神已经贴起来了，灯笼已经挂起来了。吃年夜饭之前，她把大红灯笼点着了，拿出鞭炮噼里啪啦地放了放，给祖先上了一炷香，最后把桌子摆在床前，把菜端了上来，把米饭盛了三碗，把筷子摆了三双。

凤妹家里过年，从来都是三双筷子，有一双是她的，有一双是她爸的，还有一双是给她妈的。不管她妈回不回来，摆上这双筷子就说明一家人团聚了。

凤妹说，爸，你看丰盛吧？凤妹说，爸，有你最爱吃的。凤妹说，爸，今天过年呢，你赶紧吃吧。凤妹说，你想喝酒对吗？今年你不喝酒，行吗？

凤妹从头至尾没有吃一点东西，似乎这顿年夜饭就是给她爸一个人准备的。

整个晚上，大庙村的大年和以往没有什么区别，大红灯笼挂成一排，不停地有鞭炮声炸响，还有人放起了烟花，把天空照耀得十分灿烂。大庙村的小孩子已经不多了，只有三四个人挑着灯笼在村子里跑，有两个不懂事的孩子撞进了凤妹家。凤妹想起了糖果，抓了几颗散给了他们。后半夜，只有老席和老汪返回来，坐在火盆前打着瞌睡，陪凤妹从大年三十守到了初一。

大家似乎已经忘记陈小元曾经是一个木匠，直到安葬他的时候，才为难地想起来，这个给别人打过许多家具的人，临死的时候竟然没有棺材。十几年来，村里人用的棺材和家具都是从县城买回来的，如今大雪封山，买棺材是不可能了，请人打棺材更是不可能了，因为方圆几百里再没有第二个木匠了。大家实在没有办法，原想着砍几棵松树钉在一起，简陋而粗糙地把他埋掉算了。

凤妹不愿意委屈她爸，她请老席、老汪帮忙，找来几棵大树，解了几块厚木板，然后默默地从床下边搬出了箱子，把木匠工具一件件地安装起来，开始有板有眼地打起了棺材。她人小，力气小，但是并不笨拙，相反还十分灵巧，似乎天生就是木匠。三天之后，在老席、老汪的扶助下，她竟然凭着自己的理解和印象，还真把一副棺材打起来了，而且又去割了几碗生漆，齐齐地刷了两遍。老席拍了拍这副黑漆漆的棺材，兴奋地说，看到这么好的棺材，我都不怕死了，你这小小年纪，是你爸教你的？老汪说，她爸一直生病，哪有机会教她呀，她家这个地方很早以前是一座木公祠，会不会是木公祠里的木匠转世了？

这副棺材不算十分精致，却也简洁大方，放在太阳底下油光发亮，还散发着淡淡的香气。大家看到后都纷纷说，还是自己打的棺材好，买来的棺材冷冰冰的，而且有一股刺鼻的油漆味，睡在里边再投胎的话，恐怕是要得白血病的，以后我们就不买棺材了，还是请凤妹给打棺材吧？老席说，凤妹还得上学呢。老汪说，等凤妹长大了吧。

入殓的时候，凤妹给她爸把头剃了剃，把胡子刮了刮，在鼻子下边留着一撮胡子，这是她从她爸的照片上看到的形象。然后她从一只落满灰尘的箱子里翻出几件衣服，看上去还是新的，被整整齐齐地折叠过，包括一套藏青色西服、一件白色衬衣、一条红色领带，还有一双黑色皮鞋，它的后跟比平常的要高出很多。她爸在大庙村从来没有穿过这套衣服，等大家给她爸真正穿在身上的时候，发现这个昔日的木匠显得神气高大了许多。

有人回忆，他年轻的时候就这么帅气；有人感慨，毕竟是闯荡过上海滩的人。却没有人注意，这套衣服穿在他身上并不合适，起码有一条裤腿是空的，有一只鞋摆在旁边。

下葬的时候，凤妹把一堆木匠工具，包括凿子、锤子、刨子、钻子、斧子、锛子、锯子、木锉、尺子、墨斗，统统放进了坟里。凤妹没有听从她爸的建议把墨斗留下来，她觉得她爸下辈子也许还要当木匠。但是，大家都觉得十分可惜，说凤妹将来还有用得着的地方，于是把它们都拿出来，摆在坟前当成了祭品。凤妹十分感激，把作为祭品的两只鸡和几颗鸡蛋还给了老汪，把一杆枪还给了老席。

正月的天气一直都是晴的。办完丧事之后，凤妹把她爸的一些遗物堆在大柏树旁边准备烧掉，破衣服、烂鞋子都很好烧，它们很快在太阳下边熊熊燃烧起来。她把她爸的拐杖扔进火中，半天也没有烧着，还发出一股刺鼻的气味，才发现不是木头的，而是塑料和铝合金的。她是最后才打开那只箱子的，她从里边翻出那本书，看到了夹着的一张照片，照片上的女人穿着旗袍，和封面上的那个女人十分相似。这是她第一次看到她妈清晰的照片，脸朝着天空倾斜着，果然像一只眼睛长在头顶上的凤凰。

凤妹还翻出了自己的出生证、身份证和户口本，这是她第一次看到这些，上面十分详细地记录着，她是在哪里出生的，是什么时候出生的，出生的时候几斤几两，父亲和母亲都是谁。尤其令她十分意外的是，自己不是陕西人，而是上海人，户口不在大庙村，而在上海市某某区某某弄。

正月初八，过完了她爸的头七，凤妹没有什么好牵挂的了，就收拾好行李出发了。整个大庙村的人都出来了，站在大柏树下边为凤妹送行，有人塞给她一些盘缠，有人送给她几斤核桃，有人送给她几个馒头当干粮。虽然大雪开始慢慢融化，还是有人准备把她送到县城。老席问，你是不是要去上海找你妈？你知道去上海怎么走吗？听说只有大巴是直达的。老汪说，你爸有没有留下你妈的电话？最好去县城先打个电话，上海人多得像蚂蚁一样，你过去联系不上你妈怎么办？老席说，外边乱着呢，你这么小，一个人坐车小心点，还要记得元宵节前赶回来，正月十六就要开学了。老席说，如果找到你妈，你就别回来了，还是直接留在上海吧。

不管别人说什么，那个爱笑的凤妹又回来了。她什么也不说，只是傻傻地笑着。大庙村阳光明媚，显出少有的温暖和轻松，似乎不是从天上照下来的，而是被她笑出来的。其实没有一个人知道凤妹这次上海之行到底想干什么，她的目标只有她自己清楚，她从怀里掏出木观音静静地看了看，像一次对视，像一次祈祷，更像一次默默的告别。

在上路之前，凤妹在关门的时候，看到了剩下的十几瓶酒。凤妹说，喝吧，我爸说这是好酒，大家把它全部喝掉吧。老席说，酒是越留越香。老汪说，所以还是留着，也许还有事情。走到村口，凤妹好好看了看路边的那两株禾芽，它们已经冲出了泥巴，也许有了药渣的营养和呵护，不再那么孤单，也不再那么弱小，不仅高出地面一拃，还显得十分壮硕，两片肥厚的叶子已经绿油油的，像两只展开的翅膀。

　　凤妹蹲下去，给它们培了培土，正在这个时候，远远地听见有人问，这是酒吗？

　　凤妹自言自语地回答说，那是药。

18

　　凤妹是两天之后的下午直接出现在静安寺前的，此时的上海已经进入春天，桃花开了，小草绿了，风忽然轻了。静安寺前边依旧车水马龙，两排行道树站得非常整齐，它们的皮是白色的，它们的枝丫是青色的，上边已经长出了毛茸茸的嫩芽。凤妹好奇地盯着它们看了半天，有个和她年龄相仿的小女孩就主动地问，你知道这是什么树吗？凤妹说，不知道。小女孩说，连这都不认识？它叫梧桐。凤妹说，这就是梧桐啊？小女孩说，是呀，凤凰会落在上边的。凤妹说，凤凰在哪里？我怎么没有看见？小女孩说完已经走了，凤妹又仰着头看了半天，但是除了树下来来往往的行人，在树上并没有发现什么，倒是有几只麻雀叽叽喳喳地飞来又叽叽喳喳地飞去。她是认识麻雀的,明白那不是凤凰,起码它们没有凤凰那么虚幻。

静安寺还在开放时间,售票窗口前排起了长长的队,老的少的,男的女的,高的矮的,胖的瘦的,洋气的土气的,穿金戴玉的,素面朝天的,表情严肃的,神态痛苦的,一脸茫然的,笑得合不拢嘴的,反正各种各样的人都有,很难区分哪些是顺便游玩的,哪些又是专门来许愿的。凤妹看到这么多人聚在一起,顿时有些紧张无措起来。她发现大门西边的铜狮子下边,有一个拾垃圾的老人在整理饮料瓶子,就过去弱弱地叫了一声"大爷"。大爷并没有停下手中的活,像已经预料到凤妹要来似的说,你终于来了?凤妹说,是啊,我来了。大爷说,你想问什么就问吧。凤妹问,这就是静安寺对吗?大爷说,这是静安寺。凤妹问,这静安寺是干什么的呀?大爷说,当然是烧香的。凤妹问,是给谁烧香的呀?大爷说,里边供奉的是佛,当然是给佛烧香的。凤妹问,香火非常旺吧?大爷说,你看看那么多人排队,香火自然很旺了。

凤妹永远也不会知道,她爸第一次看到静安寺的时候,对着这位大爷几乎提出了相同的问题。大爷一边低着头整理他的瓶子一边说,你小小年纪,不是来烧香的吧?凤妹说,我是来看看的。大爷递给凤妹一张纸说,这么漂亮的寺庙,是值得好好看看的,我刚刚拾了一张门票,你拿着赶紧进去吧，不然来不及了。凤妹说，谢谢大爷，寺庙也会关门吗？大爷说，再过半小时就关门了。凤妹进门之前，突然想问一问大爷，记不记得十几年前，有一个剃着光头的木匠，来给静安寺打过窗子和佛龛。但是，当她转过身的时候，大爷以及大爷整理着的一堆空瓶子像幻觉一样不见了。

凤妹像她爸第一次走进静安寺那样，被面前这座金碧辉煌的建筑给镇住了。她闻了闻空气中弥漫着的香火味，碰了碰赭红色的墙壁，看了看福慧宝鼎的尖顶，拍了拍合抱粗的柱子，听了听嗡嗡的回声，顺着几十级汉白玉台阶走向了半空中的大雄宝殿。她终于在一扇扇窗子前边停了下来，摸了摸那一朵朵莲花和一朵朵祥云，她的手被再熟悉不过的木头烫了一下，这不就是自己家里那些家具的感觉吗？她立即明白了这些窗子应该出自她爸之手。

凤妹顺着窗子朝里看，几个僧人正在诵经，伴随着的是一阵阵木鱼声。凤妹一侧头，正好看到一个女人，她穿着一件浅蓝色旗袍，也在摸着这些窗子，也在顺着窗子朝里看。在凤妹看来，她是那么眼熟，甚至她们的胳膊轻轻地撞了一下，也许撞到了某根神经，产生了一丝酥酥麻麻的感觉，这种感觉一直暗藏在她的心里。她一阵惊喜，差点就叫出了声，但是她突然发现，女人的身后跟着一个肥胖的男人，男人的肩膀上骑着一个小男孩。女人问，这扇窗子漂亮吗？小男孩用稚嫩的口气说，不。女人问，为什么不漂亮？小男孩说，旧。女人说，旧了不好吗？小男孩说，不好。

凤妹默默地走开了，躲在另一扇窗子背后，偷偷地打量着这个女人，这个女人是熟悉的也是陌生的。凤妹不明白这种熟悉从何而来，也不明白这种陌生向何而去，反正她不安地打量着，直到人们慢慢地散去，直到太阳慢慢地落下，直到夕阳把寺庙照耀得金光闪闪，直到几扇大门吱哟一声关闭，把凤妹以及即将来临的夜晚一起关闭在寺庙里。

凤妹开心地笑了，觉得相当满足，不管那个女人是谁，和自己有没有关系，和自己有多少关系，她起码是一位母亲，是以母亲的身份出现的，关键是和自己一样喜欢这些窗子。

凤妹没有忘记跪下来好好地拜了拜许了许愿，最后把那枚香楠木的观音吊牌从衣领里掏出来，捧在手心轻轻地叫了一声"妈"。

当然，这些都是很久很久以后从大庙村传出来的，像有关凤凰的传说一样，并没有得到任何证实，也无法得到证实，除了显灵的菩萨以外。

2019年8月28日初稿
2020年6月28日定稿

文学何以止痛

阎晶明

作为一位小说家，陈仓在不断取得创作成绩的同时，正面临着某种也许并不强烈，但也足够让他思量的问题：他到底是一个上海作家还是陕西作家？这看似无关紧要的问题，其实也影响着他的写作姿态。

上海就是这样一座城市，她是现实中的巨大存在，一座在中国具有不可替代性的大都市；同时又是某种象征性的存在，她象征着很多复杂的意象。长期以来，在中国，一切与摩登有关的事物，似乎必须首先出现在上海，并在那里检验通过，从而流行开来。"上海"这个词浓缩着人们对值得向往又略带恐惧的未知都市生活的想象。上海，就这样在朝向未来时让人神往，以传统的价值观评价她，又仿佛看到她的许多让人不习惯和不以为然之处。但无论如何，上海以其百年来积累的种种优势,让生活在这里的人们充满某种不可言说的优越感。很多时候,生活在上海的外地人似乎面临着某种艰难的选择,即,到底是努力做一个上海"本地人",还是以我行我素的姿态生活在这座城市里。这种身份上的隐秘的焦虑感,似乎也是上海城市文化的一部分。

陈仓就在这样的夹缝中应运而生。他只身闯入上海,身上还带着强烈的泥土味道。他把自己的写作直接定位于自己的来路和现在。从陕西丹凤大庙村,到上海老市区的静安寺,这两个完全不搭界、不对称、不成比例的地域,因为一个叫"陈小元"的人而产生了不可剥离的联系。不可否认的是,陈仓的小说具有强烈的自叙传色彩,这也让他的小说带给人某种天然的信任:故事的真实和情感的真挚。一个以陕南农民身份进入上海的青年,却与这座城市产生了深刻的、致命的联系,从此无法离开。小说以章节交替的形式,让发生在上海和大庙村两个地方的故事交错进行。从小说意义上看,陈仓给了大庙村与上海相等的地位。

小说里的陈小元闯入上海并非偶然,他不是因为谋生打工才来到这里。上海是陈小元在乡村的土炕上就梦想过的地方,他是因为上海才出门、才打工谋生的,而不是为了谋生而来到上海。所以《止痛药》和陈仓此前的小说一样,不属于打工文学的一部分。他来到上海的第一选择甚至不是去找招工信息，而是痴迷于一座存在于现代化的、鼓噪的大都市里的寺庙，而且名曰"静安"。他一睁眼就与这座城市的代表性人物相遇，他被一个叫凤姐的人一脚踢醒。而这位凤姐是地道的上海人，本地大学毕业，外貌、气质、身份，完全优越。陈小元在懵懂的交流中，无意间掉入了命运的旋涡，从此无力自拔。

陈小元这个在大庙村打棺材最多的木匠，与凤姐之间的差距无须分析。但陈小元最大的优势就是，他不怕别人嘲笑而始终坚持自己的梦想，他因为差距太大而索性心底无私，坦坦荡荡。在上海与大庙村之间，陈仓搭建了一个极不稳定的平台，设置了一种极其危险的关系。我想起陈仓的丹凤同乡，他的文学前辈贾平凹所创作的长篇小说《秦腔》。小说中的引生深爱着"村花"白雪，然而这是一种对方不但没有回应，甚至浑然不知的单向度的苦恋。在坚硬的现实面前，纯粹的爱情不可能是止痛药，反而是撒在伤口上的盐。白雪嫁给了在省城里有公职身份的同乡夏风。即使后者并无激情，但匹配度决定了稳定性。

陈仓的《止痛药》里，人物关系其实走得更远，陈小元和凤姐完全不在同一片天空下。然而怕的就是一个人有了梦想而不顾一切去追逐，陈小元就是如此。不是陈小元要努力,而是作者陈仓非要让梦想之光照进他的现实当中。梦想是一种意念,它不切实际却又异常执着,所以它也就不可能与时代同步变化,有时就会显出概念化、"陈旧性"的特点。比如在陈小元和凤姐之间,导致他们不能在一起的阻力,竟然不是白天鹅鄙视穷小子,而是凤姐的母亲,一个典型的上海老太太横在他们中间,让他们永远无法走在一起。凤姐的母亲显然是个概念化的人物,她只起一个作用,就是把凤姐推向一个貌似高尚的"概念股""瑞士籍"男朋友的火坑中,再把陈小元从凤姐的身边棒喝打走。这就注定了凤姐不可避免的悲剧,她不可能与那个"瑞士人"结婚,也不可能和陈小元走到一起,在这种混乱的生活中,她却成了有孕在身的母亲。凤姐虽然看上去是个光鲜漂亮的知性女子,事实上却是个受母亲完全管制的不幸女性。这样的人物设置,如此直白的表达,因此造成的悲喜剧,在今天至少不那么典型了。很多因素发生了改变,观念也有了变化,一些难以言说的理念,可能内化在骨子里,外在行为上可能未必会那样"大打出手"。但这就是陈仓单纯可爱的地方,他依据的是从前的想象,表达的是早已萌生的梦想,他对这种梦想必然要破碎的结果早有自己的认定,于是他就在描绘这美好梦想的同时,又极力地用自己的笔拆毁它。只有这样,才可能满足某种平衡。这种平衡更集中地体现在陈小元的命运结局上：一方面，他居然像中世纪的爱情追逐者一样，经历了仓皇跳窗而逃导致终身残疾的惨剧；另一方面，他又似真似假地成了凤姐女儿的父亲。他就带着这种巨大的创伤和意外的"成果"重返大庙村。小说的开合展开了一个极不平衡的双重世界。从中，我们读到了凤姐对陈小元没有理由却也因此更显纯粹的爱情，陈小元即使付出终身残疾的代价也无怨无悔的执着，包括他对上海毫无怨言的眷恋。女儿凤妹不仅让他享受了亲情，而且让他和上海有了不可剥离的致命关系，他在痛苦中满足着。

读陈仓的小说，有时让人联想到五四时期的"问题小说"，有时也让人想到郁达夫、庐隐等人小说里塑造的"烦闷"的"零余者"形象。特别单纯，异常执着，从来不放弃理想，又特别能放大苦痛，这些带着血泪的故事既揭示社会现实，又怀着觉醒后的自我追问。在一定程度上，陈仓所从事的也是一种"血与泪"的文学，但他又从不陷于哀怨、愤懑之中，他有一种精神上的超脱和乐观。在《止痛药》里，他始终把陈小元塑造成一个乐观面对痛苦，朝着梦想跋涉的有志青年。陈小元为自己获得的每一点进步而兴奋，不因为屡受挫折而迁怒于任何人。他相信爱的力量，相信人生的痛苦可以通过爱而缓解甚至治愈。他仍然坚信，爱是最好的"止痛药"。这爱，既有陈小元对凤姐，或陈小元与凤姐之间的爱情，也有陈小元对女儿凤妹无私的亲情，以及女儿对他直到生命终点的付出与关爱。这是多么善良的愿望，而且这理想之花就盛开在现实的土壤中。我曾经认为，贾平凹《秦腔》里败落的爱情，因为引生彻底的善良而得到弥补，这种以善作为爱情失败的补偿，也是很多中国小说家自觉或不自觉的选择。在陈仓这里，我仍然读出了这一点，尽管陈仓为自己笔下人物开出的治愈痛苦的药方依然是爱。那是因为，他笔下那些不无"自叙传"色彩的人物所理解的爱，从一开始就包含极其深厚的善的元素，爱与善本来就是融为一体，从未分开的。

回到开头，陈仓到底是一位上海作家还是陕西作家，这要看他今后的小说写作会做怎样的选择。陈仓在上海事实上发展得很好，他的家乡也始终关注着他的创作。在我看来，上海成就了陈仓，让他从一开始就成为一位有着强烈风格标识的作家，对此，他应该对这座城市心存感激。同时，上海也需要有陈仓这样的小说家存在，因为他带来了不一样的眼光，怀着不一样的心情打量着、描写着这座城市。正因为他是外来者，所以即使在他生活了十多年，书写了无数次之后，上海在他的心目中仍然是一座与梦想相联结的理想化的城市。在陈仓笔下，这座城市是一个有梦的地方。而一座城市也需要这样的目光，需要这样的情感投入，需要这样的激情书写。

文学是造梦的艺术，但它同时包含着生活的艰辛与跋涉。陈仓走在一条值得继续前行的道路上。

2020年6月27日
（作者系著名评论家、中国作家协会副主席）

陈仓的成像术

周荣

我大胆猜测,写作中的陈仓会经常离开书桌站在上海十四层家里的阳台上俯瞰这座庞大得令人窒息的城市,时而想着那些与自己经历相似,为了梦想、为了生存奔波穿行于城市中的外乡人,时而又回想起老家秦岭脚下大庙村的房前屋后、左邻右舍。陈仓近年的小说创作也游走在城乡之间,《父亲进城》《女儿进城》《麦子进城》系列作品在"乡下人进城"叙事模式下对城乡冲突进行了深度的、不懈的开掘,《止痛药》延续了这样的创作路径:在城乡的碰撞冲突中勘探时代难题、社会症结以及生存的困境。

几乎很少有作家的写作可以溢出文学史的范畴,仅仅因为自身写作而获得意义;也几乎没有一个文本能够挣脱文学史的阐释谱系而天然地、孤立地获得意义。每一种写作都是在传统经脉上的延伸,都是与传统对话的回声,无论是激烈反传统的写作,还是承续传统的写作,都在感受传统力量直接、强大的支配和制约。"乡下人进城"的故事从现代文学之初延续至今,已经讲述了百余年,悠长的历史积淀强化了叙事的有效性,也搭建了丰厚的言说空间。这是后来者写作不得不对话的强大"传统",也是阐释文本的必要参照。因此,在讨论《止痛药》和陈仓创作之前,暂且宕开一笔,去回望一下这条叙事轴线上的几个经典瞬间。

"骆驼祥子"可能是现代文学史上最早进城的乡下人。在老舍先生笔下,祥子"生长在乡间,失去了父母与几亩薄田,十八岁的时候便跑到城里来",他在城市里不断奋斗,想靠拉车改变生活,完成自己从农民到市民的转换。而小说又在多处不断地强调,进城之后的祥子依然保留了农民的特点、习惯、趣味和生活方式。作家借骆驼祥子的命运沉浮,讲述了破产农民在逐步市民化过程中遭遇的物质上的盘剥与窘困,更深层地揭示了乡土文明与城市的"不兼容"。小说敏锐地捕捉到了即将到来的中国社会结构剧变的信号,"乡下人进城"叙事中涵盖了从时代到社会、从物质到文化、从经济到精神的全面更迭,以及必然随之而来的矛盾冲突。

《子夜》对城乡矛盾、差异的叙写更加极致、刺激。久居双桥镇的地主乡绅吴老太爷的上海之行可谓惊心动魄。茅盾对上海的声光电做了一番充满未来主义色彩的描述——"各色各样车辆的海""红红绿绿的耀着肉光的男人女人的海""机械的骚音""汽车的臭屁""女人身上的香气，霓虹电管的赤光"——都市光怪陆离又肆意澎湃的景观与周而复始、田园牧歌式的乡村景观大相径庭。这些"梦魇似的都市的精怪，毫无怜悯地压到吴老太爷朽弱的心灵上，直到他只有目眩，只有耳鸣，只有头晕！直到他的刺激过度的神经像要爆裂似的发痛，直到他的狂跳不歇的心脏不能再跳动"。对现代都市景观惊恐无措的吴老太爷，最终即使怀抱《太上感应篇》也救不了他，首次进入上海竟然成了他人生的终点。即便是在今天看来，《子夜》对都市特质的把握也是精准、切中要害的。

当然也有如阿Q者，"聪明"地化解了"未庄老例"与城里生活之间的差异感和陌生感，他既可以站在未庄一方瞧不起城里的一些生活细节，也可以反过来以"去过城里"自居，看不上未庄假洋鬼子之流。小说中有两次对阿Q进城的详细描写。第一次是阿Q迫于生计主动进城，知道了有一种叫革命的东西，见识了"咔嚓"革命党的"壮举"，继而回到未庄后闹起了革命，又因为闹革命被投监，丢了性命。第二次是"被动"进城。这一次，阿Q"莫名"地被游街示众，莫名地被枪毙而不是杀头；又恼于穿上"很像戴孝"的写着黑字的洋布白背心；甚至临死前"手执钢鞭将你打"也没唱出来，这实在是不风光。《阿Q正传》中的城尚且不是现代意义上的城市，仅仅是被赋予了与"铁屋子"一般的未庄相对而言的革命/启蒙意义，但在阿Q隐喻性的命运中已经可以隐隐地觉察到新的时代、观念、思维方式的到来。

鸦片战争之前，中国是隔离于西方之外的封闭的、自足的时空；鸦片战争战败，中国被动进入世界格局中，变为器物层面上"落后"的一方——相对于西方的"先进"，文化层面上"传统"的一方——相对于西方的"现代"。由此，二十世纪以降，现代中国的核心命题之一就是对于时间的焦虑，诸种社会变革即是克服"落后"追赶"先进"，克服"传统"追赶"现代"。对于时间的焦虑与克服，落实在具体社会结构上即呈现为日常生活空间的转移，在由乡村/传统/落后向城市/现代/先进更迭、进化的路径上，"乡下人进城"叙事所言说的经验是对现代中国核心命题的回应，也构成了一条考察百年中国文学的有效线索。历史在现代性强大马力的助推下，驶出悠长平缓的乡土轨道，驶入瞬息万变、喧嚣浮华的城市轨道。"乡下人进城"叙事的另外一种张力还来自文学与历史、虚构与想象、认知与审美、文本与文本之间搭建起层叠交错的意义空间。

将《止痛药》置于这样的叙事谱系中，除却时代的痕迹与风气，可以明显感受到作家对这个百年不易主题的延伸思考与奋力超越，也可以感受到受制于叙事传统的保守与拘谨；甚至不妨说，对小说的理解已经不取决于文本自身，而取决于如何基于社会历史与文学传统，整体地而非断裂地、统一地而非对立地理解时代、理解城乡。《止痛药》的人物性格、情节意象、情感基调并不复杂，一眼望去如大地般平实质朴明晰。小说在"离去——归来"结构链条中讲述了陕西农村青年陈小元怀着梦想来到上海，在经历身份、爱情、财富上的挫败后，带着难以言说的心灵痛楚和肉体伤残，黯然离开大城市返回家乡的经历。毫无疑问，这是这个时代极具代表性的人物，穿梭于城市缝隙的骑手、清晨早餐摊上浓重的外地口音、高楼脚手架上看不清面目的身影——他们是制造城市繁荣景象却几乎无暇欣赏、保证城市良性运行却无法融入秩序的群体，他们又远离时代机遇，远离社会红利。这也是这个时代令人无比感伤的故事，一个如骆驼祥子般真诚纯朴善良的农村青年在百年后依然难逃阶层的宿命，而比陈小元们似乎幸运一些的凤凰男尚且难逃中产阶级口味的挑剔与苛责。这是今天的日常生活、价值准则与集体记忆，也是文本逻辑成立、禁得住反复推敲的现实基础。任何有些城市基本生活经验的读者都无法否认这点。我们纵然对陈小元与凤姐的爱情万般唏嘘，对陈小元的死心痛不已，对凤姐和其母的薄情势利愤慨无比，但是无法否认，至此小说的展开还是建立于城乡二元对立的认知上，延续着"乡村人进城"叙事的基本模式，暂时还没有提供超出《子夜》《骆驼祥子》的思想视野和价值维度。

幸好，小说还在发展。

《止痛药》采用双线交叉叙事支撑起"两地三人"的故事情节——陈小元和凤妹在大庙村的日常生活、陈小元与凤姐在上海的短暂爱情。不得不说，用这种叙事方式撑起长篇小说是有一些风险的，需要通过或精巧的叙事技艺、或饱满的思想张力、或出人意料的语言意象，平衡"极简"叙事可能带来的单薄、平面，尤其在小说日趋复杂化的当下。乌里·希克，这个非重要人物的设置，完成了小说的平衡术，更重要的是，于城乡二元对立认知之外，拓展出新的思想视野。乌里·希克是一个有瑞士国籍的纯正中国人，其貌不扬又行为猥琐、举止轻浮。凤姐并不喜欢希克，但凤姐母亲极力促成这桩婚事，甚至不惜把女儿和希克反锁在一个房间。希克毫不出色，凤姐母亲看重的是那个瑞士国籍。有了瑞士国籍，结婚后就可以成为外国人，生下来的孩子就直接是外国人。外国人高于上海人的身份，正如上海人高于乡下人。陈小元—凤姐—乌里·希克构成的身份等级链条由中国城乡内部之间，延续到中国与世界之间，演变成世界性的普遍等级观念。

陈小元似乎比骆驼祥子更幸运些，他还有凤妹，还有大庙村。陈小元嗜酒如命，辛辣的酒是止痛药，可以麻醉身体的病痛；懂事的凤妹也是"止痛药"，可以抚慰内心的伤痕。凤妹有着超出年龄的善良、聪明、机灵、勤劳，小小年纪就扛起照顾父亲的重任，不禁令人想到翠翠（《边城》）、香雪（《哦，香雪》）、巧云（《大淖记事》），那些在土地上生长、被山水滋养、生气勃勃的女孩。大庙村地处中原腹地，虽没有边城茶峒、大淖水乡世外桃源般的风光，但民风淳朴，邻里乡亲对陈小元、凤妹父女多有照顾，尤其在陈小元死后，齐心合力帮助凤妹办理后事。如果说，乌里·希克的设置在叙事层面丰富、拓展了情节链条，从而洞开了生活的真相，召唤出时代的整体性，那么，大庙村和凤妹的存在则是试图建构一个情感与审美的诗意空间，在回归乡土中想象性地抚慰破碎的灵魂。对乡土的精神回归，不仅是人物和空间的塑造，更是对器物、技艺、传统的细腻描摹，那些手工精心打造的衣柜、木梳、梳妆台，凝结的是喧闹城市中匮乏的朴素精神——浪漫、耐性、真诚与坚定。中国现代小说的诞生源于现代性视域的观照，城市与乡村参差对照，即一方面理性地书写不可逆转的城市化进程及乡土社会的式微、衰落；另一方面，情感上又"天然"地倒向乡土，以乡土文明作为审美价值判断的尺度和基点观察时代。这种理性认知"向前看"与审美倾向"向后看"的对抗、碰撞甚至抵消，构成了文本繁复迷人的叙事张力。《止痛药》也延续了这种审美倾向，那只奋力踏出"乡下人进城"叙事边界的脚又稍稍怯回了半尺。

得出一种结论并不难，难的是如何确证结论的可靠。小说结尾里，凤妹到了上海，找到妈妈与否似乎已不重要，即便没有找到妈妈，凤妹还会再回到大庙村吗？在大城市历练打拼后，凤妹还会是大庙村那个凤妹吗？嘉莉妹妹、陈金芳都没有再回头。潘多拉的魔盒一旦打开就难以关闭！历史如此，人心如此！

2020年2月18日

（作者系北京师范大学博士后、《当代作家评论》编辑）